아래와 같이 정정합니다.

1. p020 서우경식을 선우경식으로,
2. p026 이상연 '뽀빠이 아저씨'를 이상용 '뽀빠이 아저씨'로, 바로잡습니다.
독자와 선우경식님, 이상용님께 사과의 말을 올립니다.

김수환 추기경과의 추억

THE MEMOIRS OF A CARDINAL

오덕주 지음

일러두기

1. 인명과 지명을 비롯한 고유명사의 표기는 국립국어연구원 외래어표기법을 따랐으나, 일부 예
   외적인 경우에 한해서 관용을 따랐습니다.
2. 이 책에 사용된 성경 구절은 가톨릭 사이트 '굿뉴스(http://maria.catholic.or.kr/bible/)'
   에서 제공하는 가톨릭 성경 구절을 인용한 것입니다.

김수환 추기경과의 추억

THE MEMOIRS OF A CARDINAL

오덕주 지음

에피파니

하늘나라에 계시는
김수환 추기경님께

경애하올 추기경님

하늘나라에서 어떻게 지내시는지 궁금하고 궁금합니다.
저희와 이 나라를 위해 기도도 많이 해주셨겠지요.
저희도 기도 안에서 항상 함께하고 있습니다.

어쩌다가 편지도, 전화도, 이메일도, 카톡도 통하지 않는
사이가 되어버렸는지요.
그럼에도 오늘은 이렇게 앉아 편지를 씁니다.

추기경님께서 저희 곁을 떠나신 후, 눈물 흘리다가 정신 차려보니
겨울이 벌써 열 번째로 다가옵니다.
강산도 변한다는 10년 세월입니다.

강산도 인걸도 큰 변화를 겪은 이 세월 동안
추기경님과 함께하지 못한 아쉬움이 얼마나 컸던지요.
추기경님을 향한 그리움은 오늘도 그 끝이 보이질 않습니다.

일전에 새로 단장한 추기경님 생가에 다녀왔습니다.
추기경님을 모시던 유스티나 수녀님과
강우일 주교님을 모시던 리드비나 수녀님,
그리고 추기경님의 사랑하는 손녀 김은희 데레사와 함께
부슬비 내리는 군위에 다녀왔습니다.

코스모스 필 때면 가슴이 설렌다고 하셨지요, 추기경님.
예쁘게 재현된 생가 밑 사방 언덕에 심어진 코스모스가
가슴 설레게 피어나고 있었습니다.

생가 가까운 곳, 옹기가마도 보았습니다.
손수 흙을 빚어 구운 옹기를 이고 팔러 나가신 어머니를
저녁노을 언덕에서 애타게 기다리던 어린 소년을 생각했습니다.
사방이 산이어서 무서웠을 것 같아 눈물이 번졌습니다.

그러나 추기경님,
그곳 입구에 세워진 추기경님 모습의 대형 안내 조형물로부터

경당, 추기경 기념관, 그 무엇 하나 소홀함이 없었습니다.
벌써 전국에서 순례객이 이곳을 찾기 시작한다고 합니다.
여기서도 추기경님의 역사는 대대로 이어질 것이며
사랑의 샘물은 전국으로 흘러나갈 것입니다.

저도 이제 추기경님이 저희들 곁을 떠나시던 때의 나이가 되어갑니다.
슬슬 하늘나라로 떠나는 준비를 하고 있노라니 가슴 속에 간직했던
저의 추기경님 이야기를 책으로 남기고 싶어졌습니다.
서투른 솜씨로나마 소중한 추억들을 하나둘 더듬어 나가겠습니다.
혹, 큰 실수가 있더라도 언제나처럼 너그럽게 용서하여 주십시오.

김수환 추기경님을 이 땅에 보내주신 하느님께 다시금 감사와 찬미
를 드립니다.

2019년 1월
오덕주 데레사 올림

🔾 군위 추기경 기념관을 함께 방문한 박후경 리드비나 수녀와 김성희 유스티나 수녀

새로 단장한 추기경 생가 언덕에 피어나는 코스모스

▶ 추기경 생가生家 방 앞에서, 저자

차례

THE MEMOIRS OF A CARDINAL

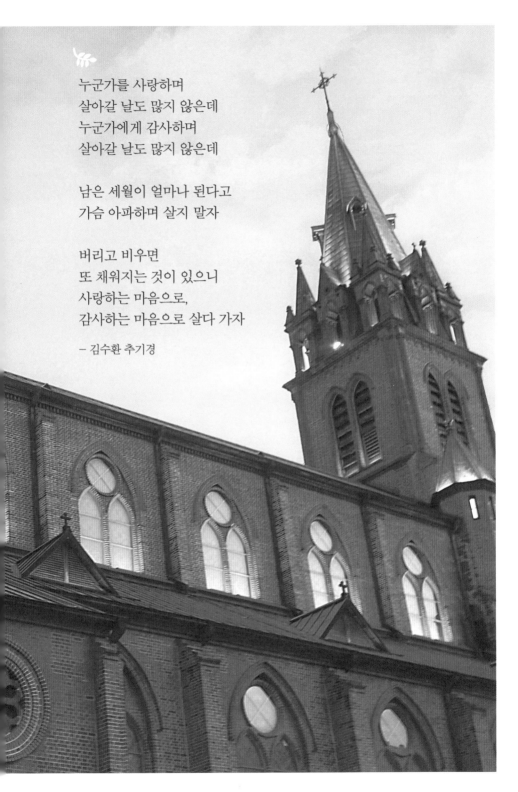

누군가를 사랑하며
살아갈 날도 많지 않은데
누군가에게 감사하며
살아갈 날도 많지 않은데

남은 세월이 얼마나 된다고
가슴 아파하며 살지 말자

버리고 비우면
또 채워지는 것이 있으니
사랑하는 마음으로,
감사하는 마음으로 살다 가자

– 김수환 추기경

I
성탄 전야의 첫 만남

꿈에 주님의 천사가 요셉에게 나타나서 말하였다. "일어나 아기와 그 어머니를 데리고 이집트로 피신하여, 내가 너에게 일러줄 때까지 거기에 있어라. 헤로데가 아기를 찾아 없애버리려고 한다." _ 마태오 복음서 2장 13절

1969년. 그해 성탄 전야 분위기는 전례 없이 살벌했다. 세상도 참으로 암울했다. 몇 쌍이 우리 집에 모였다. 자정이 가까워오자 우리는 라디오 앞에 바싹 다가앉았고 방 안에는 긴장감이 감돌았다.

명동 대성당에서 자정미사가 시작됐다. 그리고 나직한 음성으로 김수환 추기경님의 강론이 시작됐다. 강론에 가속이 붙었다.
"나는 정부와 여당 국회의원에게 묻겠습니다."
그렇게 강론이 이어지는데, 갑자기 '뚝-' 하고 방송이 끊어졌다. 방송 중단 명령을 어디에선가 내린 것이 분명했다. 세상이 암흑으로 변했다. 캄캄한 터널 안을 비추던 한 줄기 빛이 홀연히 사라지면서

모두가 암흑의 나락으로 빨려들어가는 느낌이었다.

나에게는 그 밤이 아마도 민주화 운동 역사상 가장 긴 밤으로 기억된다. 어찌하여 그 성탄절 전야에 기독교 신자나 비신자 부부들이 김수환 추기경님의 강론을 함께 듣기 위해 우리 집에 모였을까? 그 살벌했던 군사정권 앞에 아무나 선뜻 나서지 못하던 시절, 나라를 염려한 선의의 사람들은 광야에서 외치는 예언자와 같은 김수환 추기경님의 외침이 명동으로부터 들려오고 있음을 알고 있었기 때문이었다.

그렇게 라디오를 통해서 추기경님과의 첫 만남이 이루어졌다. 천주교 입교 4년 전의 일이지만 그날 밤의 그분을 어찌 잊을 수 있겠는가. 민주주의라는 지뢰밭을 밟던 그 살벌한 시기, 가톨릭 신자에게 곱지 않은 시선이 쏟아지던 시절, 평화와 안정을 갈망하던 선량한 국민에게 김수환 추기경님은 비할 데 없이 든든한 보금자리요, 희망이었다. 신자에게도, 비신자에게도 그분의 존재는 그렇게 대단하였다.

1969년으로부터 40년이란 세월이 흘렀다. 2009년 2월, 유난히 매섭게 춥던 저녁, 명동 대성당에 누워계신 추기경님의 마지막 모습을 뵙고자, 나의 조카는 초등학교 학생인 딸을 데리고 네 시간을 그 성스러운 행렬 속에서 버텼다고 했다. 추기경님 장례 기간 동안 병원에 입원 중이던 나는, TV 화면을 통해 명동 대성당으로부터 남대문까지 장사진長蛇陣을 이룬 애도의 물결에서 옛날 그 성탄전야미사 때의 추기경님의 말씀이 시공을 넘어 메아리치고 있음에 전율하였다.

II
시몬의 집

"내가 진실로 너희에게 말한다. 너희가 내 형제들인 이
가장 작은 이들 가운데 한 사람에게 해준 것이 바로 나
에게 해준 것이다."
_ 마태오 복음서 25장 40절

아주 오래 전, 그러니까 1970년대에 서울에 인접한 경기도 광탄에
폐결핵 환자를 위한 '시몬의 집'이라는 작은 시설이 있었다. 이 '시
몬의 집'에서 나는 김수환 추기경님을 처음 만나뵈었다.

1970년대 초반까지도 6.25 전쟁 후유증과 가난에서 이 나라는 헤어
나지 못하였고, 장애인이나 폐결핵 환자 들은 그 가난 속에서 더욱
큰 고통을 받고 있었다. 서울 변두리로 조금만 나가면 폐결핵 환자
가 여기저기 모여 사는 모습을 볼 수 있었는데, 영양실조인 그들이
고기를 먹기 위해 잡아온 개들을 길바닥에서 불을 피워 굽는 모습
도 볼 수 있었다.

추기경님이 시몬의 집을 방문하시던 그날, 서울 대교구 사회복지 담당 안경렬 신부님이 나를 시몬의 집으로 데리고 가셨다.[*] 천주교의 초년생이던 나는 한국 천주교회의 가장 웃어른이시며 많은 사람들의 존경을 받고 계시는 그분이 시골의 작은 초가집에 나타나신 데 저으기 놀랐으며, 반백쯤 되신 줄 알았는데 머리카락이 새까맣게 젊으신 데도 놀랐다.

추기경님과의 첫 대면은 이렇게 사회복지회원들과 함께 시몬의 집 마당에서 뜻밖에 이루어졌지만, 너무나 오래전 일이고 긴장했던 터라 무슨 말이 오갔는지 잘 생각이 나지 않는다. 그러나 추기경님과의 첫 대면의 장소인 시몬의 집은 기억의 보따리 가장 깊은 곳에 언제나 간직하고 있다.

마당에서 함께 기념사진을 찍고 있는데 갑자기 헬리콥터가 머리 위로 날아가면서 초가집 지붕이 사람 머리털 같이 하늘로 치솟던 광경이 지금도 눈에 선하다. 훗날, 추기경님의 형님이신 김동환 신부님이 대구 교구에서 폐결핵 환자를 돌보고 계셨음을 알게 되어 폐결핵 환자에 대한 추기경님의 특별한 관심도 알게 되었다. 또한 추기경님이 사회복지시설에 대해 지대한 관심을 보이시는 것도 알게

● 안경렬 신부: 현 안경렬 몬시뇰. 서울 대교구 첫 사회복지 담당 사제이자, 신협과 노인대학 등을 개설한 사제다.

되었다.

그로부터, AFI* 회원이 달동네에서 운영하던 '전진상 약국'에서나 영등포로 이전하기 전 신림동에 자리했던 '요셉의원'에서 가끔 추기경님을 뵙게 되었다.** 교구의 바쁜 일정을 재끼고서 누추하고 작은 시설에서 많지도 않은 봉사자와 환자 들을 위한 미사 집전을 위해 찾아오시는 큰 어른의 표정은 언제나 평화스럽고 태도는 겸손하였다. 그러한 교부님의 존경스런 모습은 나의 마음속에 깊이 자리 잡기 시작했으며, 오랜 훗날까지 나의 영성 성장 과정을 밝혀준 등불이 되었다.

---

* AFI(전진상全眞常): 국제 가톨릭 형제회로 희생(全), 애인(眞), 희락(常)의 영성을 가진 단체다.
** 요셉의원: 서우경식 요셉 원장이 설립 · 운영하던 자선의원이다.

🔖 1970년 초반, 둘째 줄 왼쪽 두 번째 서 젤뚜루다(옥시륨), 세 번째 저자, 중
앙 김수환 추기경, 저자 뒤의 로만칼라 사제가 안경렬 신부님(현 몬시뇰), 시
몬의 집 봉사자와 사회복지회 회원들. 뒤에 지붕 위로 나는 헬리콥터 바람
으로 초가집 지붕 일부가 치솟는게 보인다

🕊 2000년대, 영등포 요셉의원에서. 추기경께서 늘 마음으로 아껴주신 요셉의원
에서 봉사자들 및 후원회원들과 함께, 앞줄 왼쪽이 고 선우경식 요셉 원장, 중
앙에 김수환 추기경

Ⅲ
5월의 아름다운 주교관 마당에서

"문을 두드려라, 너희에게 열릴 것이다." _ 마태오 복음서 7장 7절

어느 날, 고 김홍섭• 판사의 부인인 김자선 회장이 나를 찾으셨다. 독일 유학에서 막 귀국하신 안경렬 신부님이 서울 대교구의 사회복지(서울 카리타스)를 담당하게 되었는데, 협조자가 필요하다는 말씀이었다. 당시 명동성모병원(현재 가톨릭 회관) 후면 왼편에는 화교를 위한 성당으로도 쓰이던 4층짜리 작은 건물이 있었는데, 거기서 안 신부님을 만났다.

• 김홍섭 판사: 대법원 판사를 지낸 법관으로, 프로테스탄트와 불교를 섭렵하고 가톨릭에 귀의한 가톨릭 사상가. 인간에 대한 사랑과 그것에 기초한 재판 철학을 옹호하고 실천했으며, 신앙을 중시하였다. 1972년 율곡 법률문화상에 추서되었으며, 1985년《정경문화政經文化》지가 선정한 '해방 후 한국 인물 40인'의 한 사람이다.

신부님이 기거하시던 방은 옥탑방을 방불케 하는 4층의 한 골방이었다. 통풍도 잘 되지 않던 것 같은 그 방에서의 생활은 불편하며 고생스러웠을 것이다. 그러나 당시 서울 대교구도 한국 사회도 가난했던 1970년대였다. 신부님의 두 어깨가 얼마나 무거울까 하고 생각하며 도움을 약속하고 돌아왔다.

그로부터 얼마 후, '세계장애인의 해'를 1년 앞두고 장애인을 위한 모임이 소집되었다. '무엇을 어떻게 해야 하나?' 모두가 고민하였지만 대책이 쉽게 나오지 않았다. 우선 필요한 복지 기금 모금을 위한 '자선바자'를 제안해보았다. 1960년대 국제부인회에서 시작한 자선바자 창시자의 한 사람이었던 나는 명동 대성당 건너편 YWCA의 연례행사였던 바자에서도 봉사하며 경험을 쌓았었다.
"저에게 전적으로 맡겨주시면 해보겠습니다."
나의 이 제안을 쾌히 받아들이신 신부님은 그 약속을 끝까지 잘 지켜주셨다.

성공적인 바자를 위한 첫째 조건은 좋은 날씨와 장소다. 날씨는 하늘의 뜻에 맡기고 장소를 물색하며 명동 대성당 주변을 두루 살펴보았다. 5월이면 신록이 아름답고 멋진 그늘이 드리워지는 아늑한 주교관 마당이 가장 마음에 들었다. '일반 신자들의 접근이 어려운 장소를 감히…!' 하고 생각했으면서도 그곳 분위기가 마음에 꼭 들었던 것이다.

"두드려야 열릴 것이니!"

용감하게 추기경님 방문을 두드렸다. 친정아버지에게 응석부리던 바로 그런 마음이었다.

놀랍게도 추기경님의 승낙이 즉시 떨어졌다. 마음을 졸이고 기다리던 우리는 얼마나 기뻤던지! 첫 단추가 잘 끼워진 것이다. 봉사자들의 사기가 충천했다. 주교관 마당 분위기에 걸맞는 멋지고 아름다운 바자를 위해 모두가 준비에 박차를 가했다.

"자선바자의 분위기는 축제 분위기여야 한다."

이는 나의 신조다. 단순히 값싼 물건을 사고파는 장마당이 아니라 어려운 이웃을 돕기 위한 자리이기에, 희생정신으로 참여하고 즐거운 마음으로 봉사하는 축제가 되어야 한다고 생각했다. 봉사자들은 시종 미소로 일관하고 출품하는 물건들은 교우들의 수제품이나 손수 장만한 물건들만을 출품하기로 방향을 잡았다.

우리 집에 재봉틀 두 대를 옮겨놓고, '경가회'● 46회 후배들이 매일 '미싱'을 돌렸다. 주로 혼수에 필요한 물건들을 만들었는데, 나의 친구 한 사람은 강화도에 가서 하룻밤을 지새우며 돗자리 시장에서

● 경가회: '경운 가톨릭회(경기여고 동문 가톨릭 신자 모임)'의 약칭

제일 멋진 폐백용 돗자리를 골라 싸게 구입해 왔노라며 기뻐했다. 전라도 영광수협에 1년 전에 주문해둔 굴비는 어찌 그리도 잘생겼던지⋯. 군침 돌게 잘생긴 굴비 50드럼이 도착하자 봉사자들이 멋지다며 환성을 올렸다. 그렇게 분위기는 화기애애했다.

그 시절, 명동 대성당에서는 연례바자가 열리고 있었는데, '교회사랑 맹렬부대猛熱部隊' 아주머니들은 녹두 몇 가마니로 빈대떡을 부쳐 그 유명한 '빈대떡'으로 큰 수익을 올리며 명동 대성당을 돕고 있었다. 그분들에게 바자 협찬을 부탁해보았는데 1년에 두 번은 벅차다는 회답이었다. 믿었던 '빈대떡'을 아쉽게 포기하고 대타를 생각하다가, '바자 입장권' 판매를 떠올렸다. TV와 자전거 등 경품도 푸짐하게 얻어냈다. 서울 대교구에서 처음 선을 보인 입장권 판매는 이후 성당바자의 한 '트렌드'가 되었다.

'어린이 심장재단'의 이상연 '뽀빠이 아저씨'만 유일하게 심장재단 티셔츠를 팔도록 허락받았다. 당시 인기 절정이던 '뽀빠이 아저씨' 주위에 많은 사람이 모여들었다. 그런데 난데없이 충청도 순창에서 신부님 한 분이 순창고추장과 된장을 한 트럭 싣고 나타나셨으니 어찌하랴. 이리저리 비비고 재끼며 간신히 한 자리를 마련해드렸다. 지금도 식품가게에서 '순창고추장'을 만나면 그때 그 신부님 이마 위의 땀이 떠오른다.

어린이들을 위해 창경궁 앞에서 찾아내 모셔온 '솜사탕 아저씨'가

자아내는 뭉게구름 솜사탕, 헬륨을 직접 넣어 높이 띄운 색색 가지 풍선들로 축제 분위기는 고조되었고, 성모성월인 5월의 날씨는 화창하여 많은 손님이 붐비는 가운데 바자는 대성황을 이루었다.

잘생긴 영광굴비에 홀려 뒤늦게 추가한 못난 굴비부터 팔다보니 잘난 50드럼이 고스란히 남아 울상이 되었건만 어찌하겠는가. "굴비 사세요…, 굴비 사세요…" 하고 친구가 마이크를 잡고 목청을 돋았지만 영 팔리지 않았다. 이 소식을 전해들은 고 정주영 회장 부인이 큰돈을 얹어 그 잘생긴 굴비를 몽땅 걷어가면서 당신도 어려운 이웃 돕는 일을 좋아하니 앞으로도 바자 때를 알려달라고 하셨다. 참으로 많은 분들의 많은 도움을 받은 바자였다.

이윽고 마당에서 큰 환성과 박수소리가 터져 나왔다. 김수환 추기경님이 마당에 나타나신 것이다. 함박웃음으로 응답하시던 추기경님, 험난한 시국 관련 이슈로 머리가 매우 아프셨을 텐데도 함박웃음의 추기경님에게는 어두운 그림자가 보이지 않았다.

가난하고 소외된 사람들을 늘 생각하시던 추기경님, 어려운 시국에 고생하시던 추기경님을 이렇게나마 도울 수 있었던 봉사자들은 예상을 웃도는 바자 성과에 크게 기뻐했다. 주교관 마당을 쾌히 제공해주신 추기경님. 어린이와 같은 환한 웃음으로 함께 즐거워하시던 추기경님. 미풍이 신록을 쓰다듬고 지나가던 주교관 마당에서 추기경님과 함께한 그 시간은 봉사자들 가슴에 따스한 추억으로 길이 남았을 것이다.

이듬해인 1979년 10월 26일 금요일에 다음 날 열릴 바자를 준비하고 있는데 박정희 대통령의 시해 뉴스가 이 나라를 뒤흔들었다. 비상 사태가 일어난 것이다. 신부님과 여러 사람이 의논한 끝에 행사를 연기하기로 했다. 명동에 모아둔 물건들은 서로 나눠가지기도 하고 돌려주기도 하면서 일단 자리 정리를 하고 집을 향해 돌아섰는데 성당 마당에서 신부님 한 분과 맞닥뜨렸다.

"독일에서는 독재자 히틀러가 죽었을 때 시민들이 길거리에 나와 춤을 추었다는데, 왜 바자를 취소합니까?"
나를 향해 그렇게 말씀하셨다.
"대통령이 시해됐으니 이 나라의 큰 변고지요. 가톨릭 신자도 대한민국 국민이니 이 비상 사태에 명동 대성당 마당에서 바자로 북적이면 일반 국민이 우리들을 어떻게 보겠습니까?"
신부님은 아무 말씀을 안 하셨다.
"그리고 신부님, 신부님은 사제이시니 더 높은 차원에서 미운 사람들을 용서할 수 없을까요?"
신부님은 대답이 없으셨다.

'아~, 용서할 수 없는 그 마음 얼마나 괴로울까' 하는 생각을 하며 돌아섰다.

집을 향해 발걸음을 재촉하는데 10년 전 추기경님의 성탄전야미사 강론이 새삼 떠올랐다. 그리고 그 성탄전야미사 이후 추기경님은 군부와의 갈등을 겪을 때마다 얼마나 절절히 경고를 하셨던가.
"이는 아무에게도 도움이 안 됩니다."
참으로 아무에게도 도움이 안 되는 행동에 대해 늘 중용지도를 말씀하신 추기경님이셨다. 우리 사회는 걷잡을 수 없는 혼란의 소용돌이에 휘말렸고, 그 해에는 끝내 바자를 열지 못하였다.

🔖 바자 시작을 알리는 테이프 끊는 장면. 왼쪽부터 안경렬 신부, 교황대사, 김수환 추기경, 경갑룡 주교, 저자 뒤에는 성가대, 그 뒤는 아침부터 입장을 기다리며 줄을 선 신자들

왼쪽부터 뽀빠이 아저씨의 멘트에 활짝 웃는 오현주(전 미스 코리아), 저자, 김수환 추기경, (아쉽게도 사진이 잘렸지만)마이크 든 뽀빠이 아저씨

❥ 영친왕과 이방자 여사의 아들 이구 씨의 부인 줄리아 여사(중앙)와 여사의 블루진 작품들

🕊 바자에 모인 인파

저자와 세종로 성당 주임 최익철 신부와 수녀, 그리고 김정자(오른쪽으로부터 두 번째)

❧ 저자의 헬륨을 넣은 풍선 나르기

Ⅳ
아~ 도공 추기경님

"내가 진실로 너희에게 말한다. 너희가 겨자씨 한 알만
한 믿음이라도 있으면, 이 산더러 '여기서 저기로 옮겨
가라' 하더라도 그대로 옮겨 갈 것이다. 너희가 못할 일
은 하나도 없을 것이다."
_ 마태오 복음서 17장 20절

어느 날 서울 대교구 사목국장 오태순 신부님이 "세 달 후에 있을
교구의 바자를 주관해주세요"라고 뜬금없이 말씀하셨다. 1981년
'조선 교구 설정 150주년'을 기리면서 서울 대교구 신학교 기숙사
개축을 위해 교구 차원의 바자를 크게 열게 되었던 것이다. 몇 달
뒤에 열리는 바자 계획에 참여하지 않았던 차라 자신이 없던 나는
이를 사양하고 봉사자로 힘을 보태기로 하였다.

바자 전날에는 서울의 여러 본당으로부터 기증품을 실은 트럭이 명
동 대성당으로 쇄도했다. 그 엄청난 분량의 기증품들을 보관할 곳
이 마땅치 않아 명동 대성당 근처인 계성여고 마당에 풀어놓았다.

호피虎皮며 귀한 그림들, 가정에서 소중히 간직했음직한 물품들과 금반지 같은 귀금속이 속속 도착하였다. 그런데 그 많은 물건들이 운동장에 노출되어있어 '비라도 내리면 어쩌나' 하고 마음을 졸였다. 귀금속 관리 담당자가 없어 김정자 선생과 함께 귀금속 관리를 자청하였다. 귀금속 가게를 운영하는 교우 한 분이 금붙이의 무게를 저울에 달아주면 우리 두 사람이 가격을 매긴 뒤 보관하였다.

김수환 추기경님께서도 뭐든 보태고 싶다고 하시며 기증품 하나를 내놓으셨다. '편지 여는 칼letter opener'이었는데, 바티칸으로부터 선물받은 것이라고 하셨다. 편지봉투나 서류봉투를 열 때 사용하는 이 칼은 묵직한 은 제품이자 아름답게 조각된 예술품이었다.
"틀림없이 귀한 선물이었을 텐데…, 추기경님께는 매우 뜻깊은 선물이었을 텐데…. 얼마를 매겨야 하나?"
우리 두 사람은 고민 끝에 엄청 높은 가격을 붙여보았다.
"누가 사겠나? 이렇게 비싼 가격을 붙였으니…" 하면서도 싸게 내놓을 수가 없었다.

때마침 종로에서 장사를 한다는 평신도 한 분이 다가와 추기경님의 '편지칼'을 쓰다듬더니, "우리 집 보물로 자손대대 잘 간직하겠습니다!" 하며 큰돈을 내놓으셨다. 그분 얼굴에서 추기경님에 대한 존경과 사랑을 쉽게 읽을 수 있었다. 오늘날 김수환 추기경님의 유물이 된 그 '편지칼'은 추기경님에 대한 사랑이 지극했던 그 교우 집안의 진정한 보물로 잘 보존되어 있으리라고 믿는다.

어느 교우 한 분이 내놓은 가늘게 닳아버린 금반지 역시 가톨릭 신자들의 '사제 사랑'을 웅변하고 있었다. 그분이 가진 전 재산이 아닐까 생각하니 가슴이 뭉클했다. '나는 무엇으로 기여할 수 있을까?' 하고 고민을 하다가 도자기 생각을 했다. 한국 백자인 '달항아리'가 붐을 일으키고 있던 시절이었다. 경기도 이천에 즐비한 도자기요陶瓷器窯들을 둘러보고 김기철 교수의 백자요 두 개를 계약하고서 돌아왔다. 아름다운 백자항아리에 김수환 추기경님의 휘호가 들어간 특별한 도자기를 내놓고 싶었던 것이다.

궁리 끝에 추기경님에게 또 달려갔다.
"추기경님! 제가 백자항아리를 구워서 이번 바자에 보태려고 합니다. 그런데 추기경님의 협조가 절대적으로 필요합니다. 좀 도와주실 수 있겠습니까?"
"어떻게요?"
추기경님이 눈을 동그랗게 뜨셨다.
"추기경님의 휘호가 들어간 특별한 도자기를 출품하고 싶습니다. 이천에 있는 도자기요에 저희들과 함께 가셔서 직접 글씨를 써주시면 안 되겠습니까?"

추기경님은 말문이 막힌다는 표정을 짓고 나를 한참 쳐다보셨다. 그리고는 천천히 "그러지" 하셨다.

어느 더운 여름날, 화가 김정자 선생 및 세종로 성당 교우 한 분과 함께 추기경님을 모시고 이천 도자기요를 향해 출발했다. 천주교회의 큰 어른이 오신다고 하니 김기철 교수와 그곳 일꾼 몇 분이 사뭇 긴장한 모습으로 대기하고 있었다.

김기철 교수 등과 인사를 나눈 후 작업실에 웃옷을 벗어 걸어두고 의자에 앉으신 추기경님은, 오른손으로는 푸른 물감을 찍은 붓, 왼손으로는 작은 초벌 항아리를 잡고 '金壽煥(김수환)'이라고 한문으로 쓰기 시작하셨다. 그러나 작고 둥근 항아리 표면에 처음 쓰는 글씨가 잘 써질 리 없었다. 글씨가 마음에 안 드셨던지, "데레사가 온 천하에 나의 추필醜筆을 공개하려고 불렀네~" 그렇게 볼멘소리를 내셨다. 그러면서 작은 항아리 몇 개에 써보신 후 100점 넘는 크고 작은 항아리, 붓통, 찻잔, 연적에 점점 익숙한 솜씨로 '金壽煥'이라고 써나가셨다.

땀이 흘러내리는 무더운 작업실에서 마지막 한 개까지 묵묵히 작업에 몰두하시는 모습에서 김수환 추기경님의 투혼을 엿보았다. 그 옆에서 김정자 선생은 모든 도자기 밑바닥에 '조선 교구 150주년 1981년 8월 24일'이라고 가는 붓글씨로 쓰는 수고를 아끼지 않았다.

가끔은 내키는 대로 화가답게 예쁜 그림도 그려 넣었다. 마지막으로 추기경님께서 '데레사 씨에게'라고 쓰신 붓통 하나를 건네주셨다. 아무 말씀도 하시지 않았지만 추기경님의 따뜻한 마음이 붓통을 통해 전해왔다.

그런데 참으로 어이없는 일이 벌어졌다. 배고픔도 잊고 작업에 몰입했던 우리는 점심시간이 한참 지나서야 초벌 도자기들을 가마에 넣는 작업을 끝냈다. 김기철 교수에게 인근 식당에서 점심을 함께하시자고 했는데 그 근처에는 점심식사를 할 식당이 한 곳도 없다고 하시는 것이 아닌가. 이런 낭패가 세상에 또 있을까? 당연히 식당이 있을 줄 알고 더운 여름이기도 해서 점심 준비를 해 가지 않은 것이다. 점심 준비뿐 아니라 간식조차도 준비를 안 해간 바보였다.

"오, 하느님, 어쩌면 좋아요!"

참으로 울고 싶은 심정이었다. 이를 바라보던 김 교수가 "우선 이것이라도 드시지요" 하며 삶은 옥수수 몇 자루를 접시에 담아 추기경님께 드렸다.

"저— 일꾼들에게 먼저 드리세요."

추기경님은 가마에 불을 지피고 있는 일꾼들을 보시며 그렇게 사양하셨다. 그때 내가 얻은 교훈이 얼마나 컸던가! 그러한 귀한 가르침을 얻기 위해 멍청하게 준비 없이 떠나게 된 것은 아니었나 싶다.

추기경님을 뵐 낯이 없어 초주검이 되어 귀경길을 서두르는데, 엎친데 덮치는 격으로 하늘이 어두워지더니 쏟아지는 장대비로 급류로 변한 개울물에 자동차 바퀴가 잠겨 움직이질 않았다.

"아이고, 하느님, 이 일을 어쩌면 좋습니까! 이러다가 물에 잠겨 꼼짝 못하고 추기경님과 함께 익사하게 되면 어떡하지요?"

그러다가, '그런데, 그렇게 되면 장례미사 때 오시는 그 많은 분들의 기도를 제가 조금은 나눠가질 수 있을까요?' 순간적으로 이런 염치없는 엉뚱한 생각도 스치고 지나갔다. 그러고는 '김수환 추기경, 세 여성과 차 안에서 익사하다!' 같은 스캔들 좋아하는 사람들이 지어낸 대문짝 같은 기사 제목도 떠올랐다.

"아이고, 하느님! 이를 어쩌지요?"

다행히 개울을 빠져나와 서울에 도착한 일행은 허기진 배를 안고 남산 언저리에 자리한 중국식당을 찾았다. 우리 네 사람은 아마도 8인분 정도를 뚝딱했던 것 같다. 추기경님도 놀라울 정도로 많이 드셨다. 참으로 시장하셨을 텐데 시장기에 대해 한 번도 비추지 않으신 추기경님. 입장이 딱하게 된 나에 대한 따뜻한 배려가 가슴에 사무치게 고마웠다.

다음 날 김기철 교수로부터 전화가 걸려왔다.

"그분은 과연 큰 덕을 쌓은 어르신인가 봅니다!"

매우 흥분된 어조였다.

"어찌 그러시는지요?"

"가마에서 60~70퍼센트 정도 건지면 성공인데, 이번 두 요에서는 몇 개만 빼고는 다 건졌습니다. 이런 일은 일찍이 없었습니다. 참으로 놀랍습니다!"

기적이 따로 없다는 것이다. 큰 덕을 쌓은 추기경님의 지극한 사제 사랑의 덕이 아니겠는가. 가끔 사제의 병환이나 선종 소식을 접하실 때의 추기경님의 슬프고 어두운 눈빛에서 그분의 깊은 사제 사랑을 읽을 수 있었다. 그래서 추기경님의 관심의 최우선순위는 사제였음을 알 수 있었다.

'金壽煥'이란 글자가 선명한 달항아리 하나는 바티칸 박물관으로 보냈다. 마치 딸 시집 보내는 심정이었다. 바자 당일에 나머지 도자기들을 한 점 빼놓지 않고 다 팔았다. 찌그러진 달항아리 중 한 개는 내가 샀는데, 훗날 서울 신학교 박물관에 기증했다. 100만 원을 투자하여 2000만 원을 벌었다. 그때 바자 수익이 총 1억 원이라고 했으니, 그 넓고 인파로 북적이는 바자 장마당의 한 뼘 남짓한 외딴 방에서 수익의 5분의 1을 올린 것이다. 이는 오로지 추기경님의 노고의 결과였다. 그러니 새롭게 단장한 신학교 기숙사의 벽돌 다섯 개 중 한 개는 '도공 추기경'의 땀의 선물인 것이다.

훗날 자동차가 물에 빠졌을 때의 이야기를 꺼냈을 때마다 추기경님은 너무 과장한다고 정색을 하셨다. 그런데 2017년 8월 28일 자 한 일간지에 '물에 잠긴 차에서 가족 네 명 구한 최현호 씨에게 의인상'이라는 기사가 실렸다. 이 기사를 읽으며 하늘나라를 향해 고개를 들고 추기경님께 중얼거린다.

"보십시오, 추기경님! 이런 일이 일어날 수 있답니다. 제가 과장한 것 아니지요? 그때 저는 정말 죽는 줄 알았습니다."

추기경님의 도자기와 얽힌 오랜 인연을 초년생 천주교신자였던 내가 그 당시 어찌 알았겠는가. 옛 순교자의 후예인 그분 가족이 옹기 가마에 매달려있었음을 나는 까맣게 몰랐다. 추기경님께서 아홉 살에 아버지를 여의자 어머니는 옹기가마에 불을 지피는 일을 맡아 옹기를 구워내고 긴긴 시골길을 걸어 팔러 다니셨던 애틋한 고난의 세월이 있었다는 사실을 나는 알지 못하였다.

훗날 추기경님 자서전에서 이러한 사실을 읽고 알게 되었을 때 나는 아연실색하였다. 이천 가마에 가주십사 이야기를 처음 꺼냈을 때 침묵하시던 순간, 또한 이천 도자기요에서 초벌 도자기에 '金壽煥'이라고 당신의 이름을 쓰시던 긴 작업시간 동안 추기경님의 가슴에는 어떤 감회가 휘돌았을까 하고 생각하니 몸 둘 바를 모르겠다. '옹기'라는 아호가 있었음에도 아무에게도 알리지 않으셨던 추기경님이셨다.

'옛 추억으로 가슴을 아프게 해드리지나 않았는지?' 하고 생각하며, "아~ 저의 이 무지와 무신경을 용서하소서" 하고 엎드려 빌고 싶었다. 한편, 그런 과거사에 연연하지 않으신 그분의 인품을 믿으며 스스로를 위로했다. 2002년 김수환 추기경 기념사업으로 한 자선단체가 설립되었을 때, 추기경님은 "옹기는 박해 시대 신앙 선조들이 산속에서 구워서 내다 팔아 생계를 잇고 복음을 전파한 수단이자 좋은 것과 나쁜 것, 심지어 오물까지 다 담을 수 있는 그릇"이라고 하지 않으셨던가. 그러면서 단체 이름을 '옹기장학회'*라고 직접 지으신 분이 아니시던가. 그렇게 마음을 다독였다.

• 옹기장학회: 2002년에 김수환 추기경 기념사업의 일환으로 설립된 자선단체로, 해외 선교사제 양성을 위한 장학금을 지급하고 있다.

🐦 왼쪽부터 김수길 자매, 김기철 선생, 저자, 의자에 앉은 김수환 추기경 (김정자 선
생 촬영)

🪶 왼쪽부터 연적, 저자에게 주신 붓통, 찻잔

🪶 저자가 쓴 붓통 밑의 글

V
그 외로운 '추기경' 자리

"아버지, 아버지께서 원하시면 이 잔을 저에게서 거두어
주십시오. 그러나 제 뜻이 아니라 아버지의 뜻이 이루
어지게 하십시오."   _루카 복음서 22장 42절

"추기경이란 자리는 매우 외로운 자리로구나."
추기경님을 교구 행사에서 처음 뵈었을 때 그런 생각을 아니할 수
없었다. 유교 문화가 주류를 이루는 한국에서 첫 추기경 자리에 오
르신 그분의 모습이 나에게는 더욱 그렇게 비쳤다. 유교 전통이 몸
에 배어있고 교회의 큰 어른을 공경하여 마지않던 교우들은 간단한
다과회 자리에서도 추기경님 주위 2미터 남짓한 둘레 안으로는 선
뜻 다가서지를 않았다.

공식석상에서 말을 붙일 사람이 없다 보니 무료하게 홀로 서있어야
하는 상황. 이는 누구에게나 매우 멋쩍은 상황이 아닐 수 없다. 그

날의 추기경님의 모습이 바로 그러하였다. 그런데 누군가가 나를 추기경님 앞으로 떠밀었다. 떠밀지 않아도 인사드리려고 하던 참이었다. 40년 전 이야기다. 최근 일이었다면 웃지 못할 일이었을 것이다. '왜 자신들은 다가서지 않고 나를 떠밀어 넣는가? 내가 여자여서 만만한 것인가? 왜곡된 유교 전통 탓인가?' 하는 생각이 들었다.

여러 사람들 앞인지라 예의상 떠밀리는 대로 추기경님 앞으로 다가서기는 했지만, 선의의 행위였더라도 떠밀리는 일은 결코 유쾌하지 않았다. 하지만 덩그렇게 홀로 서 계시는 추기경님을 바라보기가 민망했던 나는, 떠밀려 속상했던 마음을 삼키고 쾌활한 얼굴로 추기경님께 말문을 열어드렸다.

"나를 무슨 전염병 환자로 아는 모양이야."

처음 다가섰을 때 추기경님은 그렇게 농담처럼 말씀하셨지만 그 말씀에는 쓸쓸한 울림이 있었다.

"너무 어려워 해서들 그런가봅니다."

위로 아닌 위로의 말을 중얼거리기는 했지만, '아— 이 높은 자리는 참으로 외로운 자리로구나!' 하는 생각을 하지 않을 수 없었다.

훗날 사람들이 주위에 다가오지 않아 섭섭했노라고 솔직히 털어놓으신 추기경님이시다. 또한 가장 친한 사람이 누구냐는 질문에 운전기사라고도 하셨다. 이는 약간의 외교적 표현일 수도 있겠으나,

아무에게나 속내를 드러내보일 수 없는 그 높은 자리가 얼마나 외로운 자리인지는 이로써 짐작하고도 남음이 있다. 모든 리더의 자리는 외로운 자리이기는 하지만, 그때의 추기경님의 자리는 한층 더 외로워 보였다.

1970년대 후반, 어느 부활주일미사 때 주보의 간지에 실린 추기경님의 강론을 읽고 감동과 함께 걱정도 되었다.
"얼마나 힘들고 외로우실까? 저 강론으로 말미암아 군부와 또 어떤 갈등을 겪게 되시려나."
감옥에서 탈출한 베드로 성인이 아피아 가도Via Appia에서 예수님을 만나고 되돌아서서 마주한 로마의 거대한 성벽을 생각했다. 추기경님 앞에 가로놓인 군부가 그 성벽만큼이나 막강하던 시기였다.
"학생들을 체포하려거든 나를 밟고, 그 다음 신부와 수녀 들을 밟고 지나가십시오."
추기경님의 그 유명한 말씀처럼 추기경님 뒤에는 사제들, 그리고 그 뒤에는 수녀님들이 버티고 계셨건만 홀로 짊어지셔야 했던 십자가의 무게를 우리가 어찌 가늠할 수 있겠는가.

미사가 끝난 후 주교관 마당으로 달려간 나는 때마침 현관문을 열고 계단을 내려오시는 추기경님을 만났다. 시간이 절묘하게 잘 맞았던 것이다. 그러나 주교관 마당에는 사람 그림자 하나 없어 쓸쓸

하였다.

"추기경님, 오늘 강론 읽고 달려왔습니다. 힘내시라고 마들렌을 이렇게 많이 가져왔습니다. 응원 편지도 썼습니다."

"지금 수녀원에 점심 하러 가는 길인데, 수녀님들과 나눠먹지요."

수수한 잠바 차림으로 샬트르 성 바오로 수녀원을 향해 내가 내민 마들렌 상자를 들고 뚜벅뚜벅 걸어가시는 뒷모습은 간지에서의 사자후獅子吼와는 너무나 대조적인 외로운 모습이었다.

세월이 흐른 뒤 어느 날, 추기경님은 불쑥 이런 말씀을 하셨다.

"강우일 주교는 나보다 행복해. 주교 연수회라는 곳에 다 가고…. 나는 주교 노릇에 대해 아무것도 모른 채 주교가 되었거든."

추기경님의 솔직한 고백이었을 것이다. 추기경 자리에 오르실 때는 더더욱 그러한 심정이었을 것이다.

'그런데 추기경님, 주교 노릇이 따로 있겠습니까? 하느님 사랑의 깊은 영성과 사제와 수도자, 그리고 교구민 모두를 진심으로 보듬는 것이 주교의 모습이 아니겠습니까?'

나는 마음속으로 그렇게 외치고 있었다.

'추기경님은 주교 연수가 필요 없는 진정한 주교님이십니다. 이 시대와 추기경님의 인성이 절묘하게 어우러지면서 당신은 하느님의 빼어난 작품이 되셨습니다. 시대가 영웅을 낳는다고 했던가요. 추기경님은 진정 이 시대가 낳은 영웅이십니다. 그러기에 하느님을 믿지 않는 사람들까지도 추기경님을 진심으로 존경하며 사랑하지 않습니까!'

그때 나는 이렇게 말씀드리고 싶었지만 그냥 침묵했다. 그러나 오늘 다시 크게 외치고 싶다.

"당신은 진정 이 시대의 영웅이셨습니다."

영웅의 자리 역시 외로운 자리임에 틀림이 없다. 우리의 역사가 이를 증명한다. 그러나 외로운 자리의 추기경님에게서도 가슴 따뜻하게 하는 장면을 가끔 목도하였다. 한번은 광주 전남대학교에서 추기경님의 강연이 있어 나 또한 주최측의 초대를 받아 갔던 때였다. '삶이란 무엇인가?'라는 제목의 강연 첫머리에, "삶은 달걀"이란 그분 특유의 유머로 만장의 학생들에게 웃음을 선사하며 강연을 시작하시던 날이었다.

강연이 끝난 후 일행과 함께 5.18 민중항쟁 추모탑을 참배했는데, 그곳을 방문 중이던 시민들이 추기경님을 알아보고는 삼삼오오 다가와서 공손히 인사하는 모습이 매우 인상적이었다. 귀경길에 광주 비행장에 도착했을 때는 그곳 인파가 홍해라도 갈라지듯 자연스럽게 양편으로 갈라지더니 그 가운데를 지나가시는 추기경님께 모두 고개 숙여 인사를 하는 것이었다. 어찌 그분들이 다 천주교신자였겠는가. 참으로 예의 바른 시민들이란 생각이 들었다. 비행기에 탑승하셨을 때는 예쁜 스튜어디스들이 사인 받겠다고 추기경님께 종이를 들이밀었다. 어디서든 슈퍼스타super star인 추기경님이셨다.

심한 홍수가 난 1980년대의 어느 해, 세종문화회관에서 '수해 의연금 모금 음악회'가 있었다. 음악회가 끝나고 리셉션홀에서 대기하고 있던 인사들에게 대통령이 나타나시면 도열했다가 박수를 치라는 방송이 나왔다. '우리를 유치원생으로 아는가!' 하는 생각이 그 자리에 있던 사람들 마음속에 틀림없이 오갔음을 증명하듯, 막상 대통령의 입장 시에는 몇 당원들의 산발적 박수소리만 들렸다. 과잉충성 방송이 역효과를 낸 것이다. 이 사실을 모르던 대통령이 단상에 올라 마이크를 잡고는, "한국 사람은 박수에 인색하지요" 하며 불편한 심기를 토로했다.
"박수 치지 말라고 해도 박수소리가 끊이질 않는 분도 있어요."
내가 옆에 서있던 국회의원에게 속삭였다.
"누군데요?"
그분이 순진하게 물었다.
"명동 성당에 김수환 추기경님이 입장하시면 박수소리가 끊이질 않아 박수 그만 치라고 한답니다."

그런데 최근 아이돌 그룹 '샤이니' 멤버 한 사람이 스스로 목숨을 끊었다. 이때 "유명인일수록 마음속에 두 개의 자기를 품고 산다. 인기와 돈이 많은 환상적인 인물이 자기의 한 축이라면, '외롭고, 고통스럽고, 나약하고, 흔들리는 존재'는 다른 축이다"라는 상담전문가의 말이 있었다.

김은국 소설 ≪순교자≫에서 살아남은 신 목사도 말한다. "기독교인이나 목사도 인간이란 점을 잊지 마시오. 그들을 잴 때는 다른 인간에 대해서도 똑같이 적용되는 척도와 저울대에 올려놓고 그 감정과 허약함을 재야 하지 않겠소."

아이돌의 인기와는 차원이 다른, 존경심으로 고개 숙이게 되는 슈퍼스타 추기경님. 만나는 사람들의 가슴을 따뜻하게 해주시던 슈퍼스타 김수환 추기경님. 그러나 추기경님도 인간이시기에 외롭고 고통스럽고 나약하고 흔들리는 한 축을 가지고 계셨을 것이다. 이 두 축 사이의 괴리를 오로지 믿음으로 극복하셨겠지만, 그 외로운 번뇌의 밤의 깊이를 우리가 어찌 헤아릴 수 있겠는가.

➥ 추기경의 오른편 김정희 교수가 주최한 강연회 후 5.18 민중항쟁 추모탑 앞에서

❥ 김수환 추기경과 함께 참배하는 일반 시민들

VI
'울음으로 한밤을 지새워도'

"그분의 진노는 잠시뿐이나 그분의 호의는 한평생
가니 저녁에 울음이 깃들지라도 아침에는 환호하게
되리라."

_ 시편 30장 6절

어렸을 때 가난하지 않았고 고생도 하지 않은 사람은 명함도 들이
밀 수 없는 세상이 되어버린지 오래다. 그러나 김수환 추기경님 앞
에서 손수건이 다 젖을 때까지 눈물을 쏟아낸 날들이 나에게도 있
었다. 어느 잡지사 기자가 인터뷰 끝머리에서 "그런데 회장님은 승
승장구한 인생인데…"라고 하는 말을 들으며, 그 젊은 분도 살다보
면 하느님이 이 세상 모든 사람에게 햇볕을 고루 주시듯 슬픔도 고
루 주신다는 것을 경험하게 될 것이고 그 슬픔이나 기쁨의 무게는
당사자만의 몫임을 깨닫게 되리라는 생각을 했었다.

부모형제들로부터 사랑 받았고, 물려받은 유전자 덕에 공부도 쉽게

했고, 무난한 남편을 만난 나의 인생은 누가 봐도 쉽게 나가는 인생으로 보였을 것이다. 그러나 이 세상이 '눈물의 골짜기'가 아닐 터인데, 우리가 매일 성모님께 바치는 기도는 어찌하여 '눈물의 슬픈 골짜기에서의 읍소'인 것일까?

누구에게나 맑은 하늘의 5월만이 있는 것이 아니다. 눈보라 휘몰아치는 겨울도 닥칠 수 있다. 그래서 "닥쳐올 불행에 대해 마음의 준비를 하라"는 말도 있지 않은가. 우리의 삶터가 눈물의 골짜기이기에 실존주의 바람이 한때 세계를 휘몰아치지 않았던가. 슬픔이 극에 달하면 눈물도 얼어붙는다. 그럴 때 나에게 소리없이 다가와서 얼어붙은 눈물을 녹여주는 위로의 샘이 추기경님이셨다.

1976년에도 1월은 매섭게 추웠다. 강원도 진부에서 열리는 전국 스키 대회에 출전하는 딸과 함께 평창 스키장에서 출전 준비를 하고 있을 때 어머니 영면의 비보가 날아왔다. 내가 서있던 땅이 꺼지고 하늘이 내려앉는 충격이 들었다. 아이들을 친구에게 부탁하고 즉시 서울을 향해 달렸다. 누구나 한 번은 겪어야 하겠지만, 세상에 그런 슬픔이 또 있을까.

어머니의 장례미사는 첫 외손자인 강우일 신부님(현 제주 교구 교구장)이 집전하였다. 태어날 때부터 외가 가까이에 살았던 강 신부님은 외조부모의 사랑을 듬뿍 받았었다. 그렇게 사랑하셨던 손자신부가 어머니의 하늘나라 가시는 꽃길을 지켜주었다. 꽁꽁 얼어붙은 장지를 밤새 불을 지펴 녹여야 했던 매섭게 추운 겨울날, 극한의 슬픔으로 나의 눈물도 얼어붙었다.

어머니는 경상북도 의성 출신인데, 남녀가 유별하여 여식은 학교에 보내지 않던 완고한 집안에서 향학의 의지가 강했던 어머니는 남장을 하고 소학교(초등학교)에 다니셨다. 서울 진명여고에의 진학 허락을 받아내기 위해 한 달 동안 방문을 걸어 잠그고 단식투쟁을 벌이니, 외할아버지께서는 "딸자식 이래 죽으나 저래 죽으나…" 하시며 승복하셨다. 의성에서 서울까지의 쉽지 않은 먼 길을 어린 나이에 홀로 상경하여 기숙사 생활을 하였으니 어머니의 향학 의지가 얼마나 대단했는지 알 수 있다.

언제나 인자한 미소에 여성스럽지만 과묵한 어머니의 어디에 그런 강인한 의지가 숨어있었는지 놀랍기만 했다. 어머니는 그 시대의 '조용한 실천파 페미니스트'였다고 할 수 있다. 그런 어머니를 사랑했던 아버지 덕택에 우리는 가부장제도의 해악을 입지 않았으며, 유교와 불교의 전통은 지키면서도 자유롭고 민주적인 가정에서 자랐다. 자식들의 장점만을 장려하시던 바람직한 현대교육자의 모습을 지녔던 어머니의 치마폭을 잡고 어린 손자·손녀들도 병아리 떼처럼 졸졸 따라다녔다.

주위 사람들의 선망의 대상이던 어머니도 아버지가 정치에 관여하면서 혹독한 시련을 수차례 겪었고, 그런 고비마다 어릴 때 단식하던 결기로 잘 넘기곤 하였는데, 그만 고질인 고혈압에 발목을 잡히셨던 것이다.

장례미사 때, 성당 앞줄 가족석에 앉아있던 나의 시야에 갑자기 추기경님 모습이 들어왔다. 제대 위 한쪽 장궤틀에 무릎을 꿇고 기도하시는 모습을 보는 순간 눈물이 솟구쳤다. 처음 당하는 부모상에 눈물조차 얼어붙었던 나에게 추기경님의 기도는 얼마나 큰 위로가 되었는지 말로 다 표현할 수가 없다. 어머니 가시는 길이 추기경님의 기도로 더욱 아름다운 꽃길이 된 덕에, 슬픔에 한밤을 지새운 후 고맙고 기쁜 아침을 맞은 것이다.

ﾐ 1976년 어머니 장례미사 때 제대에서 기도하시는 김수환 추기경

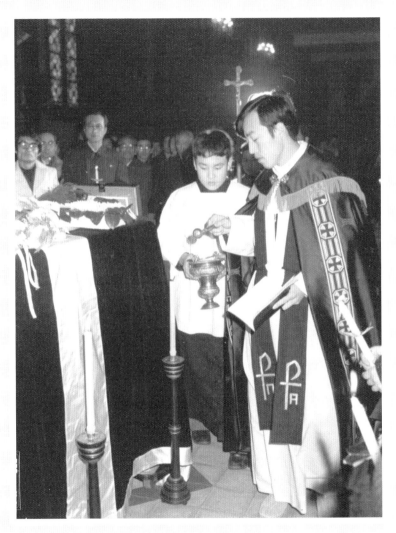

🔖 명동 대성당에서의 어머니 장례식 (출관 장면)과 강우일 신부

첫 장지인 세종로 성당 장지에서 중앙에 갈멜 망토를 걸친 강 베로니카 수녀, 가족, 친지들 (훗날, 용인 가톨릭 묘지로 이장했음)

VII
슬프고 아픈 마음이여
KAL 007과 함께 사라진 언니

까닭 없이 나의 원수가 된 자들이 나를 날짐승인 양 쫓고 또 쫓
네. 내 생명을 구렁 속으로 처넣고 내 위에 돌을 내던졌네. 물
이 내 머리 위로 넘쳐흘러 "나는 이제 끝났구나" 하고 말하였네.

_ 애가 3장 52~54절 (1983년 9월1일, KAL기의 한 희생자의 일기장에서)

참으로 그들은 까닭 없이 KAL기 탑승자들을 쫓고 또 쫓으며 바닷속
으로 처넣었다.

1983년 9월 1일 새벽, 사할린 상공에서 KAL 007이 소련 전투기에
요격당해 사할린 앞바다에 추락한 것이다. 전국에 조기가 드리운
가운데 합동위령미사가 명동 대성당에서 봉헌되었다. 김수환 추기
경님의 기도가 이어지는 가운데 유가족석에서 나도 오열하고 있었
다. 분신 같은 나의 언니가 그 비행기에 타고 있었기 때문이다.

"자비로우신 주 하느님, 오늘 우리의 기도를 들어주소서. 우리의 흐
느끼는 소리 당신 앞에 이르게 하소서. 지금 우리는 지난 목요일 새

벽, 사할린 상공에서 비명에 간 269위의 영혼들을 위해 주님께 간구합니다. 그들의 최후가 너무나 큰 비극이기에 우리는 무슨 말로 그들의 넋을 위로할 수 있을지 모릅니다.

이들이 무엇을 잘못했습니까? 우리가 무엇을 잘못했습니까?
왜 이들을 쏘는 그 잔인한 손을 잡아 멈추지 않으셨습니까? 이들을 왜 그 무도한 원수들의 손에 맡기셨습니까? 오늘의 세계가 당신을 외면하는 죄의 응보입니까? 입으로만 평화를 부르짖고 행실로는 온 세계를 멸망시킬 수 있는 무기 생산에 광분하는 거짓에 대한 응징입니까? 그렇다면 그 당사자들을 문책하시지 않고 하필이면 이들을 택하셨습니까? 왜 어린 생명까지 앗아가는 것을 보고만 계셨습니까? 무고한 자의 피가 오늘의 세계의 양심을 일깨우고 세상의 죄를 사하는 데 더 호소력이 있어서입니까?"

피를 토하는 기도였다.

"주여, 당신께 원망하고 넋두리를 피는 우리를 용서하십시오. 졸지에 사랑하는 자식을 잃고 아내와 남편, 부모형제를 잃은 유가족들의 비탄이 너무나 커서입니다. 우리의 마음 역시 괴롭고 슬퍼서입니다.

야훼 하느님! 당신은 의로우시고, 당신은 사랑 지극하신 분이십니다. 당신이 이들을 벌하실 리 없고, 당신이 이들을 비명에 몰아넣으실 리 없습니다. 당신이 뜻하시는 것은 죽음이 아니고 생명입니다. 당신이 바라시는 것은 미움이 아니고 사랑이며, 전쟁이 아니고 평화입니다.

그런데 우리는 언제나 당신의 뜻을 외면하고 거스르며 살고 있습니다. 하옵기에 오늘의 이 비극, 세상의 모든 재앙이 다 우리의 죄 때문입니다. 인명을 경시하고 사람 귀함을 망각한 이 시대의 죄 때문입니다. 그들은 우리 모두의 죄를 지고 죽었습니다.

주여, 우리의 이 뉘우치는 마음을 보시고 우리의 기도를 들으시어 이 영혼들을 당신 품에 안으소서. 그들의 눈에서 눈물을 씻어주시고 그들을 인도하시어 다시는 죽음이 없고, 슬픔도 울부짖음도 고통도 없는 당신 생명의 나라, 빛과 평화의 나라로 인도하소서.

또한 비통에 젖은 유가족들을 위로하소서. 그분들의 마음속에 당신의 사랑을 가득히 부어주소서. 모두가 슬픔을 이기고 당신 빛 속에서 보다 굳세게 살게 하소서. 그리하여 이제부터는 온 세계가 당신의 뜻에 순응하여 공산주의 소련도 회개하고 우리 모두의 뜻을 따라 우리 모두 당신께로 마음을 돌리게 하소서. 인간의 존귀함을 깨닫고, 인명을 존중하고 서로 사랑함으로써 이 땅과 온 세상에 주님의 평화를 이룩하는 역군이 되게 하소서.

우리 주 그리스도의 이름으로 비나이다, 아멘.”

이보다 더 절절한 기도가 있겠는가. 명동 대성당은 오열의 바다였다. 80 평생 가슴이 찢어지는 슬픔과 고통의 순간도 많았지만, 이날의 충격과 슬픔은 전무후무했다. 너무나 폭력적이고 비인간적인 학살극에 분노의 불길이 마음속에 치솟았다.

269명 민간인 대학살 참극 소식에 국민은 경악했고, 나라는 전례 없는 비극에 휘말렸다. 검은 리본이 무겁게 매달린 태극기가 전국에 드리운 가운데 우리는 개인적 아픔에 더하여 무어라 표현하기 힘든 민족 자존심의 짓밟힘에 더욱 통곡하였다.

그날, 9월 1일, 새벽 전화벨이 울렸다. 언제나 가슴을 섬뜩하게 하는 새벽 전화벨소리.
"지금 뉴스 들었어!? KAL기가 행방불명이 되었다는구나! 오정주 선생이 바로 그 비행기에 타셨을 텐데."
언니의 서울 음대 동료 강웅경 교수의 다급한 음성이었다.
뉴스는 즉각 전 세계로 퍼져나갔다. 곧이어 일본에서 큰 언니로부터 전화가 걸려왔다.
"방금 일본 뉴스 들었는데… 아직 확실한 상황이 포착되지 않고 있지만 홋카이도에 불시착했다는 말도 돌고…. 좀 더 기다려보자."
언니의 음성이 떨리고 있었다.

억측들이 난무하는 가운데 오전이 지나갔다. 오후 3시에 전화벨이 또 울렸다. 윤호미 기자였다.

"언니~ 마음 단단히 잡수세요. KAL기가 소련 상공에서 격추당해 바다로 추락했다는 소식이⋯."

후배는 말을 잊지 못하였다.

"아~ 어떻게 이런 일이, 어떻게 이렇게 잔인한 일이 있을 수 있습니까?"

안방 성모상 앞에 엎드린 나는 울부짖었다.

"오, 하느님! 어떻게⋯, 어떻게⋯, 이런 일이⋯."

나는 그렇게 계속 울부짖었다. 아무리 울부짖어도 성모님은 피에타의 침묵을 지키실 뿐. 하느님도 멀리서 침묵하셨다. 시조부님의 제사를 위해 그날 우리 집에 모인 친지들 중 그 아무도 입을 열지 않았고 무거운 침묵만이 감돌았다.

비행기가 행방불명이 되는 경우는 흔히 추락하거나 불시착 또는 납치로 인하는데, KAL기는 이미 이북으로 한 번 납치된 바 있었다. 또 무르만스크 빙판에 불시착한 적이 있었는데, 이 두 사고 때마다 천운으로 승객들은 무사하였기에 이번에도 KAL기가 어디에서라도 불시착하여 탑승객들이 무사하기를 빌고 또 빌었다. 타국의 민간 항공기를 전투기가 격추하리라고 어찌 상상이나 할 수 있었겠는가!

이 참극이 일어나기 전해, 소련 최고 지도자 브레즈네프 서기장이 사망했고, 세계정치 흐름은 데탕트Détente*로 흔들리고 있었다. 고르바초프 서기장의 글라스노스트와 페레스트로이카 정책이 고개를 들던 때여서, 이에 신경을 쓰던 한국 정부 당국의 견제로 한 번의 서울 운동장 집회 이외는 찍 소리 한 번 내지 못한 유가족이었다. 고르바초프가 소련의 최고지도자가 된 이후 한국을 방문하던 때도, 우리 정부는 KAL기 희생자에 대한 언급이 없었고 신문도 침묵하였다. 어찌 이럴 수 있는 것인가?

KAL기가 항로를 이탈하여 소련 영공으로 들어간 것은 사실이지만, 민간 항공기임에도 이를 격추시킨 소련 측에서는 끝내 함구와 침묵으로 일관하였다. 만일 강대국의 민간 항공기가 이렇게 무참히 격추되었다면 가만히 있었겠는가? 이는 바로 전쟁 발발로 이어질 수 있는 중대 사건이 아닌가. 소련과의 '데탕트'가 국가적으로 중요한 시기였다고 치더라도 정부는 국민의 생명 보호를 최우선시했어야 한다. 이 비인간적인 만행을 전 세계에 있는 힘을 다해 고발했어야 하지 않겠는가.

이 와중에 나를 또 경악하게 한 일이 있었다. 언니의 추모미사에 참

* 데탕트Détente: 6.25 전쟁 이후 핵전쟁 발발 직전까지도 갔던 두 초강대국 미국과 소련 간 냉전 체제가 1970년대에 들면서 흔들렸던 분위기를 일컫는 용어다.

여하기 위해 혜화동 로터리에서 교통신호를 기다리는데, 대학생 같은 청년이 그의 동행자에게 하는 큰소리가 들려왔다.

"돈 있어 비행기 탄 사람들 잘 죽었다."

그는 정신이상자 같지는 않았다.

이 청년이 예사로 내뱉은 이 말의 폭력은 총알보다 더 잔인하였다.

이 나라에 그렇게 생각하는 사람이 있다는 사실이 끔찍하였다.

1983년 당시, KAL기를 격추한 조종사 오시포비치가 주장한 내용이 2003년 8월 30일 한 일간지에 실렸다.

"(전략) 지상에 착륙해보니 모든 동료들이 나와 축하했다. 나는 임무수행에 자부심을 가졌다. 그러나 며칠 후 이 사건이 세계적인 스캔들로 비화했고, 나는 졸지에 영웅에서 살인범으로 전락했다. 당시 소련 정부는 여객기 격추에 대한 이유 찾기에 골몰했고 진실을 은폐했다. 소련 정권은 여객기가 등을 깜빡거리지 않았다고 발표하는 등 사실을 왜곡했다. 모스크바에서 전문가들이 긴급 파견돼 나와의 무선교신 내용을 위조했다.

나는 승객이 타고 있는지 인식을 못했고, 생각할 겨를도 없었다. 여객기를 개조한 정찰기로 생각했다. 그러나 비밀 수색 작전을 했던 사람이 찍은 비디오를 보았는데 시체 조각이 여럿 있었고, 여권다

발도 느낌이 이상했다. 이 비디오는 정보당국이 압수해갔다.

여객기 항로를 약 7.5항공마일이나 벗어난 것에 대해 조종사는 물론 관제소가 그토록 어이없는 실수를 할 리 없다고 확신한다. 진실을 발견하기 위해서는 러시아의 비밀 정보뿐만 아니라 미국과 일본이 정보를 공개해야 한다. 관련국들이 침묵을 깨고 유가족들에게 진실을 밝혀야 한다."

신문은 다음과 같이 결론지었다.
"이와 같이 20세기 최대의 미스터리라고 하는 'KAL 007편 격추 사건'은 아직도 그 전말이 은폐된 채 진실이 밝혀지지 않고 있다."
이 미스터리를 과연 누가 풀어야 할 것인가?

나의 언니는 불쌍한 사람들에게 자상하고 마음 따뜻한 사람이었다. 세계장애자의 해에는 나와 손잡고 세종문화회관에서 자선음악회를 열었다. 회관은 만석을 이루었고, 언니는 크게 기뻐하며 앞으로도 2년에 한 번쯤 자선음악회를 열자고 했다. 요셉의원 후원을 위해 내가 시작한 자선음악회인 '노래의 날개 위에'는 이러한 언니의 이루지 못한 다짐과 무관하지 않다.

언니의 어린 두 아들들은 물론이거니와 우리 형제들 모두의 마음속에서는 매듭짓지 못한 슬픔으로 눈물의 강이 멈추지 않았다. 소련이 함구한 채 시신도 유물도 찾을 수 없는 20년 세월이 흘러간 뒤인 2003년, 이 참극에 매듭을 짓고 언니를 보내드리기 위해 '20주기 추모 음악회'를 언니의 제자들과 함께 예술의 전당 콘서트홀에서 열었다. 홀이 만석을 이루었다. 그날 음악회의 자리를 매운 동료 교수들, 제자들과 친지들 역시 이 사건의 종지부를 찍지 못하는 안타까움을 품고 계셨을 것이다. 그날의 수익금 전액을 그 자리에서 선우경식 요셉의원 원장에게 전달하였다.

누구보다도 스승의 죽음을 슬퍼하던 제자들은 '오정주 교수 장학회'를 창설하였고, 이에 가족이 합세하여 현재까지 장학금을 수여하고 있다. 나는 종이 필요하다는 강원도 한 탄광촌 공소에 범종을 달아드렸다. 평화의 종소리가 널리 널리 퍼져나가기를 기원하며….

충청도 망향에 위령탑이 세워지고, 일본의 홋카이도 최북단 왓카나이에 세워진 위령탑에도 사라진 연령들의 이름이 새겨져있다. 나의 조카의 아들은 일본 최남단에서 시작하여 왓카나이까지 자전거로 위령여행을 떠나 왓카나이 위령탑에서 언니의 이름을 확인하고 돌아왔다. 위령여행의 길고 험한 여정을 자전거로 이룩해낸 젊은이가 갸륵하다. 일본인 희생자는 없었지만 일본의 앞바다에서 일어난 참극에 그 고장 일본인은 예를 다해주었다. 유물이 발견되었다 하여

유가족이 KAL기로 왓카나이를 방문했을 때는 마을 사람들이 도열하여 합장으로 맞아주었다.

"이제 마음속 슬픔의 강물은 멈췄는가?" 하고 나에게 묻는다면 정직한 대답을 하기 어렵다. 이 글을 쓰고 있노라니 눈물이 다시 솟구친다. 다만 우리가 이 어려운 시기를 견디어낸 것은 요한 바오로 2세 교황님과 김수환 추기경님을 위시하여 많은 분들이 보내주신 위로의 힘 덕분이었을 것이다.

위령미사 때의 그 절절한 추기경님의 기도를 잊을 수 없다. 그렇지 않고서야 유가족들이 어찌 그 세월을 견디어낼 수 있었겠는가. 특히 어머니를 졸지에 잃은 언니의 어린 두 아들 모두가 추기경님이 기도하신 바와 같이 슬픔을 딛고 일어서서 당신 빛 속에서 보다 굳세게 살아가고 있음에 감사할 따름이다.

그러나 나의 이름을 경외하는 너희에게는 의로움의 태양이 날개에 치유를 싣고 떠오르리니 너희는 외양간의 송아지들처럼 나와서 뛰놀리라.

_ 말라키서 3장 20절

고 요한 바오로 2세 교황님께서
김수환 추기경님에게 보내신 글

지난 목요일에 있은 대한항공기 피격 비보를 접하여 충격을 금치 못하며, 귀하와 한국 국민들에게 이 비통한 시간에 진심으로 애도의 뜻을 표합니다.
나는 특히 희생된 분들의 가족들과 친척들과 한마음이 되어 그들에게 힘을 주시고 이 비극의 시간에 지탱해주시도록 하느님께 간구하고, 또한 귀하와 모든 국민과 함께 세계의 평화를 위하여 진심으로 기도합니다.

교황 요한 바오로 2세

9월 2일 발표한 김수환 추기경님의 글

9월 1일에 있은 이번 KAL기 007편 피격은 너무나 충격적인 사건으로 비통을 금치 못합니다. 비무장한 항공기가 정기 노선 운행 중 무력 공격을 받아 269명이 한순간에 생명을 잃었다는 것은 말로써 표현하기 힘든 슬픔이며 더욱이 그것이 초강대국 소련에 의해 저질러졌다는 데 있어 전율을 금치 못합니다. 세계평화도 이런 맹목적이고 비인도적인 행위로써 일순에 파괴될 수 있다는 두려움을 느끼지 않을 수 없습니다. 이번 불의의 재난으로 희생된 승객과 승무원 모든 이의 영혼의 안식을 빌며 유가족 여러분에게 깊은 애도의 뜻을 표합니다. 아울러 우리 교회의 모든 이가 같은 지향으로 이분들을 위해 기도해줄 것을 당부합니다.

1993년 9월 2일
추기경 김수환

이 어찌 KAL기 참사에만 해당되는 말씀이겠는가. 지금 하늘을 찌르는 위세의 북쪽 핵무기를 생각하며 인류가 얼마나 더 큰 재앙을 불러오는 것일까 생각하느라 후손들을 위해 잠 못 이루는 밤이 이어진다.

1983년은 몸서리치는 충격을 두 번 겪은 해였다. 2012년 10월 10일, 아침신문을 펼쳐보는 순간 숨이 멈췄다. 신문 일면에 실린 사진. 아, 그날의 아웅산 참사의 현장. 말로만 전해들은 그 현장의 생생한 사진. 처음 공개된 사진이었다. 눈을 가리고 싶었다. 가슴에 봉해둔 상처가 다시 열리고 피가 흐르는 아픔을 느꼈다.

'KAL 007편 격추 사건'으로부터 불과 한 달 9일째이던 10월 9일에 미얀마 아웅산에서 공산주의자들의 손에 의해 다시 일어난 참극이다. 그곳을 방문한 한국 정부의 요인들을 살해하기 위해 아웅산 묘소 천장 서까래 세 개 위에 폭탄을 장착하고 터트린 것이다.

밖에서 대기 중이던 전인범 중위(현 퇴역 장군)의 증언에 따르면 폭발 소리에 뛰어 들어간 그곳은 생지옥이었다. 폭발한 두 개의 폭탄의 위력은 대단하여 내려앉은 서까래에 자욱한 먼지와 고도의 열기 속에서 숨을 쉴 수 없었고, 시체가 여기저기에 뒹굴고 있었다. 폭발하지 않은 제3의 폭탄 밑에 서있었던 이기백 장군은 몸에 수없이 많은 파편이 박힌 채 피범벅이 되어 쓰러졌다. 전 중위는 이 장군을 들쳐 업고 뛰었으며 끝내 그를 살려내어 이 장군은 아웅산 사건의 유일한 생존자로 남았다.

이 공공연한 테러 행위에 국민은 다시 한 번 경악하고 할 말을 잃었다. KAL기 희생자들을 위한 연도의 눈물이 마르기도 전에, 한국 정부 요인 및 수행원 16명이 이렇게 전무후무한 테러 행위에 희생된 것이다. 아까운 인재들을 이렇게 우리는 타향에서 또 잃은 것이다. 이데올로기를 앞세운 국가들의 폭력에 우리는 속절없이 당하기만 해왔다. 6.25 전쟁이 그러했고, 이 두 사건도 그러했다. 이데올로기를 앞세운 무고한 인명 살상을 어떻게 정당화할 수 있는 것인가? 사람들은 허무주의가 빚은 참극이라고도 하였다. 공산주의가 허무주의인가? 하루가 100년같이 초고속으로 모든 것이 변천하는 세상에서 100년도 넘은 공산주의 이데올로기란 무슨 의미를 가진 것인가?

세월이 약이라고 했다. 그러나 이 긴긴 세월, 35년이란 세월 동안 우리는 이런 만행의 주역들에게서 사과 한마디를 받아내지 못하고 있다. 세월의 약도 가슴속에 흐르는 슬픔과 분노의 쓰라린 강물을 멈추지 못한다. 아침신문의 사진을 보던 순간 다시 이 강물은 급류가 되어 눈물로 넘쳤다.

한 마리 양을 구하려고 아흔아홉 마리 양을 두고 찾아 나선 예수님의 마음을 인간의 생명보다 이데올로기를 앞세운 사람들은 이해할 수 있을까? 인간의 생명과 존엄을 최우선시하시던 추기경님은 이러한 폭력 행위를 싫어하셨다. 하여 일부에서는 그를 배신자라고도 했다. 과연 그러한가. 우리들의 양심에 물어볼 일이다.

🐦 한국을 떠나던 날 전송 나온 가족들과 친지들. 하늘색 옷차림의 오정주 교수, 왼쪽 흰옷이 하버드 대학교 입학생인 아들 김규현과 아버지 김동훈, 뒤의 청년이 둘째 아들 김상현. 1983년 8월 15일 김포공항에서

언니의 두 아들.
김규현은 하버드 대학교 역사학 박사,
현재 UC DAVIS의 교수.
김상현은 옥스퍼드 대학교 화학 박사,
에딘부르크 대학교 사회학 박사,
현재 한양대학교 교수.

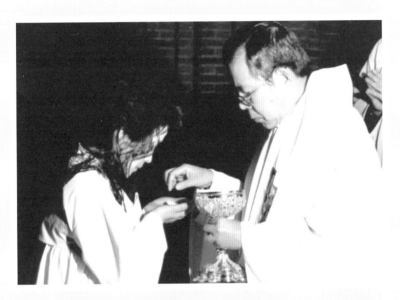

🕊 KAL 007편 희생자 추모미사 때. 1983년 9월 6일

🕊 KAL 007편이 격추당한 왓카나이 앞바다. 바다는 말이 없다

▶ 왓카나이에 세워진 추모비

용인 천주교 묘지에 세운 오정주 엘리자베스 추모비

➥ 오정주 교수 장학회를 창설한 오정주 교수의 제자들

VIII
'맙소사 주님'
강우일 주교님의 서품식

그러자 베드로가 예수님을 꼭 붙들고 반박하기 시작하였다. "맙소사, 주님! 그런 일은 주님께 결코 일어나지 않을 것입니다." 그러나 예수님께서는 돌아서서 베드로에게 말씀하셨다. "사탄아, 내게서 물러가라. 너는 나에게 걸림돌이다. 너는 하느님의 일은 생각하지 않고 사람의 일만 생각하는구나!"

_ 마태오 복음서 16장 22~23절

"어머니도 아닌데 왜 그리 우세요!?"

강우일 서울 대교구 보좌주교님의 서품식이 끝나고 추기경님 방에 가족이 모였을 때, 추기경님이 나에게 그렇게 물으셨다. 가족석에서 눈물을 흘리고 있던 나를 보신 것이다.

"강 주교에게는 이모 세 사람이 다 어머니 같지요. 우리들의 첫 조카이기 때문입니다."

사실 우리 네 자매의 맏이인 언니의 첫 아들인 강 주교님이 태어났을 때 우리 세 이모들은 이 첫 조카를 자기 자식인 양 사랑했다. 학교 방과 후에는 정동에서부터 서울역 앞까지 이 조카를 보기 위해 달려가곤 했다. 첫정이라 그리 대단했다.

그러던 조카가 신부가 되더니, 이제 주교가 된다고 한다. 그간 김수환 추기경님이 감내하셨던 세월을 생각해도 그렇고, 세계의 순교하신 주교님들도 생각하니 주교 자리가 엄청 두려운 자리로 다가왔다. 하루가 멀다고 최루탄이 터지고 돌이 날아 오가는 명동 대성당(주교좌성당)의 보좌주교 자리는 또 얼마나 어려운 자리인가? 젊은 사제가 어떻게 이 무거운 십자가를 감당할 수 있을 것인가?

십자가에 매달리신 예수님이 나의 가슴을 짓눌렀다. 주교님의 어머니는 눈물을 삼키며 견디는데, 나는 대책 없이 눈물을 펑펑 쏟고 있었다. 내가 앉는 자리도 아닌데 왜 내가 이렇게 두려워하는가. 성령의 인도하심을 믿어야 하지 않는가? 조카 사랑 때문인가? 아니면 사람의 일만 생각하는 얕은 계산 때문인가? 나 자신도 잘 모를 일이었다. 이 자리는 앉고 싶다 하여 앉을 수 있는 자리도 아니며, 싫다 하여 도피할 수 있는 자리도 아님을 깨달은 것은 시간이 꽤 흐른 뒤였다.

날벼락 같은 소식을 접한 곳은 타이완의 다이중臺中이었다. '젓가락 지역chapstic region'이라고 알려진 지역에 속하는 한국, 일본, 타이완, 홍콩, 말레이시아 등지에서 주교, 사제, 그리고 평신도가 네 명씩 참석하는 '아세아 지구 평신도를 위한 시노드'에 참석한 때였다. 우리나라는 두봉 주교님을 단장으로 이문희 대주교님, 경갑용 주교님,

김창렬 주교님, 이렇게 네 주교님과 네 분 사제와 평신도가 참석한
자리였다.

동시통역 없는 회의는 영어로 진행되는데, 사회나 발표자는 주로
필리핀이나 말레이시아 같은 영어권에 속하는 사제들이었다.
"아~, 이 영어! 우리나라 발목을 잡는 영어. 6년씩, 10년씩 영어 공부
를 해도 제대로 되지 않는 영어. 얼마나 많은 국제회의에서 우리나
라 대표들이, 외교관들이 이런 곤혹을 치르는 것일까?"
비행장에서 평신도협의회 직원으로부터 건네받은 연설문을 도저히
그대로 사용할 수 없어 다시 고쳐쓰며 그렇게 중얼거렸다.

주교님, 신부님, 그리고 평신도 사이에서 홍일점이던 나는, 아침
7시미사에서 주교님들의 장엄하고 아름다운 성가소리에 취해 참으
로 행복했다. 1980년대까지만 해도 교회의 이런저런 공식 회의에
나가면 홍일점인 경우가 많아 로만칼라Roman collar와 검은 옷에 둘러
싸였을 때는 마치 남극 펭귄들에게 둘러싸인 것 같은 묘한 외로움
이 있었는데, 여기서는 그저 새벽미사와 장엄한 성가소리에 행복하
기만 했다.

그러던 어느 날, 분위기가 좀 술렁거리더니 서울 대교구 보좌주교로
강우일 신부님이 유력하다는 소리가 들려왔다. 나의 귀를 의심했다.

"설마 그럴 리가!"

그런데 회의가 끝나고 서울에 돌아와보니 소문은 사실이었다. 베드로가 예수님을 꼭 붙들고 "그런 일이 일어나면 안 됩니다!"라고 한 것 같이, '맙소사, 주님, 그런 일은 일어나서는 안 됩니다!' 하고 속으로 외쳤다. 예수님의 뒤를 바짝 따라가며 사제들 앞에서 언제나 모범으로 살아가야 하는 주교. 순교에는 제일 먼저 앞장서야 하는 주교…. 40세를 갓 넘긴 신부가 어찌 그 어려운 주교 자리를 감당할 수 있겠는가.

'주님, 아직은 안 됩니다! 더 키워서 쓰십시오!'

이렇게 나는 하느님 나라의 일은 생각하지 않고 사람의 일만 생각한 믿음이 약한 이모였다.

1985년 12월 21일에 강우일 신부님은 서울 대교구 보좌주교(발레치오 명의주교)로 임명되었다. 그리고 다음 해 2월 14일 밸런타인데이 Valentine Day에 명동 대성당에서 주교 서품식이 거행되었고, 서품식이 끝난 후 강우일 주교님 가족은 추기경님 방으로 안내를 받아 들어간 것이다.

추기경님 자신도 훗날 "서울 대주교 승품 통고를 받았을 때는 옷깃을 파고드는 찬바람 같은 외로움이 엄습했고, '하느님의 뜻이 무엇인가?' 하는 고뇌에 휩싸이기도 했다"고 하시지 않으셨던가. 그렇기에 나의 눈물을 이해하셨을 법도 한데, "어머니도 아닌데 왜 우세요?" 하신 것이다. 그분이 토로하시던, "힘들고 지쳐서…, 말로 표현하기 힘들었던" 30년 세월의 가장 힘든 시기에 아들과 같이 사랑하는 조카가 서울 대주교 보좌주교로 임명되었으니 그토록 나의 마음이 힘들었던 것이다.

강우일 주교님 역시 지난날의 젊은 추기경님과 같은 고뇌에 휩싸였을 것이다. 아니, 추기경님보다 더 황당하고 힘들었을는지도 모른다. 이런 뜻밖의 인사에 예외 없이 따르는 괴로움과 외로움을 알고 있었기에 나의 마음이 더욱 아팠다. 베드로가 예수님을 붙잡고 "맙소사, 주님!" 하던 식으로 믿음이 약한 나는 그렇게 눈물을 쏟았다. "주님, 햇병아리를 더 키워 잡숫지…. 어찌 벌써 그 무거운 십자가를 짊어지게 하십니까?"

주교 임명이 확정된 후 난곡동 본당 사제관으로 조카신부님을 찾아갔다.
"도저히 피할 수 없는 길이라면…. 오로지 한 가지 위로는 훌륭한 스승님 밑에 간다는 사실이네요."
이는 나 자신을 위로하는 말이기도 했다.

추기경님과 강우일 주교님은 오래 전부터 눈에 보이지 않는 인연으로 엮여있었다.

강우일 주교님에게는 신심 깊은 친할머니가 계셨다. 성모마리아상
과 같이 아담하고 아름답다고 기억되는 할머니는, 일찍이 경상북도
합천에 공소를 마련하셨으며 아들인 강우일 주교님의 아버지를 가
톨릭계 초등학교인 서울 계성학교에 올려보냈었다. 해인사로 유명
한 합천이지만 약 90년 전이던 그 시절에는 합천에서 외지로 나가
려면 우선 기차를 탈 수 있는 대구까지 아슬아슬한 먼 꼬부랑 산길
을 나와야만 했다. 그런 곳에서 어린 아들을 서울 계성학교에 보낸
할머니의 신심이 참으로 대단하였다.

고 노기남 대주교님이 당시 기숙사 사감이셨다. 기숙사에는 프랑
스 신부님도 계셨다는데, 어린 학생들이 배가 아프다고 하면 맛있
는 브랜디를 주신다는 소문이 돌았다. 그래서 강 주교님 아버지는
브랜디를 받아먹고 싶어 배가 아프다고 했고, 그러면 정말로 프랑
스 신부님이 맛있는 브랜디를 주셨다고 하였다. 그 시절 계성학교
기숙사에서 익힌 생활습성이 강 주교님 아버지의 평생 신앙생활의
기본이 되었다. 공동탕에서도 손에서 묵주를 놓지 않는 분이셨는데,
한 번은 김포공항에서 비행기가 뜨자마자 비행기 문이 활짝 열려
큰 사고가 날 뻔했는데, "내가 묵주신공 열심히 하고 있었기에 모두
무사했던 것 같다"라고 하신 적이 있었다.

우리 형제의 맏이인 큰언니가 이 강 씨 댁으로 시집을 간 것이다. 혼배미사는 대구 계산동 성당에서 올렸는데, 신자가 아니던 내가 처음 접하는 미사, 더군다나 알아듣지 못하는 라틴어 미사가 매우 지루했지만, 그날 신랑의 아름다움에 나는 넋을 잃고 말았다. 계산동 성당은 현재 '계산 성당'으로 불리고, 김수환 추기경님이 보좌신부로 계시던 곳이기도 하다. 그 이듬해 8월 15일에 일본이 패망하여 우리나라는 광복을 찾았고, 10월에 우리 집안은 서울에서 첫 외손자를 얻었다. 이 애기가 바로 우리 부모와 이모 세 사람의 '첫사랑'인 강우일 주교님이다.

그로부터 5년 후에 6.25 전쟁이 터졌다. 강 주교님 가족은 합천으로 피난을 갔다가 그곳도 위험해지자 대구로 내려갔다. 대구 집에 노기남 대주교님께서 옛 제자인 주교님 아버지를 찾아오셨을 때 함께 오신 분이 당시 신부님이셨던 김수환 추기경님이셨고, 유치원생이었던 강 주교님은 그때 그분을 기억한다고 하셨다.

대구에서 최덕홍 대주교님이 선종하셨을 때 김수환 추기경님은, "최 주교의 완전 아들 노릇으로 상주 노릇을 했다" 하셨다. 엄청 추운 12월이었다. 이미 세 아이 어머니가 된 강 주교님의 어머니는 아이들을 잠자리에 재운 후, 커피를 끓여 보온병에 담아 상주 자리를 지키는 김수환 신부님께 갖다드렸다. 훗날까지 그때 그 커피 맛을 잊을 수가 없다고 하신 추기경님께서, "어떻게 끓였기에 그렇게 맛이 있어요?" 하고 물으셨다. 그 시절, 지금은 사라져서 보이지 않는 '퍼컬레이터'로 커피를 끓이면 퍼져나가는 커피 향이 온 집안에 진동했다. "달걀껍질을 잘게 부셔 커피와 섞어 끓인 것인데요." 그 커피 맛의 비결이 부셔 넣은 달걀껍질에 있었는지는 알 수 없으나, 엄동설한 추운 빈소에서 마신 따뜻한 커피였기에 특히 더 기억에 남았을 것이다. 돌아가시기 전, 성모병원 병상에서도 또 이 커피 이야기를 하셨던 것으로 기억한다.

추기경 서품식을 로마에서 마치시고 추기경님이 귀국길에 도쿄에 들르셨을 때 강 주교님은 조치(上智) 대학교 신학생이었다. 예수회 게페르트 신부님으로부터 도쿄에 한국 신학생이 한 사람 있다는 소식을 들으신 추기경님은, 즉각 그 신학생 집에 전화를 거셨다.
"한국 신학생 집입니까?"
"네, 그렇습니다만⋯."
"제가 김수환인데요⋯."
전화를 받던 신학생 아버지가 깜짝 놀랐다.
"저는 강영욱입니다!"
이번에는 추기경님이 깜짝 놀라시며 즉시 신학생 집으로 달려가셨다. 도쿄에서의 두 분의 반가운 재회였다. 게페르트 신부님은 조치 대학교에서의 당신의 한국인 제자 두 분이 다 주교품에 오른 것을 훗날 무척 기뻐하셨다고 한다.

제대 위에 부복한 젊은 주교님과 그 앞에 앉으신 추기경님. 이 두 분의 긴 인연을 생각했다. 명동 대성당 성가대에서 흘러나오는 아름다운 찬미가, 제대 위에 둘러앉은 한국의 주교님들, 두 손 모은 신자들의 흰 미사보 물결. 주교 서품 전례는 참으로 장엄하고 아름다웠다. 그러나 그곳에 부복한 젊은 주교 위에 드리운 짐의 무게가 나에게는 '다모클레스의 칼'*과 같이 두렵게 다가왔다.

'이모인 나의 마음이 이리 아플 진데, 어머니의 마음은 어떠할까….'

눈물의 기도를 올리는 사제의 어머니를 생각하며 구제불능인 울보 이모가 그렇게 또 눈물을 흘리고 있었다.

* 다모클레스의 칼: 높은 자리에는 얼마나 큰 위험과 부담감이 따르는가를 보여주는 사례다. 고대 그리스의 디오니시우스 왕의 신하인 다모클레스가 왕의 권세를 부러워하자, 디오니시우스 왕은 다모클레스를 옥좌에 앉혔다. 그리고 다모클레스의 머리 바로 위에 칼을 매달아놓고, "이것이 왕인 내가 그 자리에 앉아서 늘 느끼는 바다"라고 말했다.

🕊 주교 서품식. 제대 앞에 부복한 강우일 주교와 한국 주교단

▶ 주교 서품식. 김수환 추기경으로부터 주교관을 받는 예식. 좌우로 경갑용 주교
와 김옥균 주교

➤ 강우일(베드로) 주교 서품식. 축하연에서 강주교, 그리고 그 가족 친지들과 함께
중앙에 자리하신 김수환 추기경

축사를 읽는 최석호 신부. 왼쪽부터 강우일 주교, 김수환 추기경, 이문희 대주교, 김남수 주교, 박정일 주교, 두봉 주교, 정진석 주교, 라길모 주교. 강우일 주교는 최석호 신부를 선종 때까지 아버지 모시듯 섬기셨다.

강우일 주교 서품식 축하연에서

> 강우일 주교 서품식 축하연에서

❧ 서품식 가족석의 두 번째 줄에 연보라색 한복의 강우일 주교의 어머니, 왼쪽이
아버지, 그 뒤 두 줄은 가족들과 친척들

⟩ 등산을 즐기시는 강우일 주교와 주교관 수녀들과 이모 두 사람

❥ 김수환 추기경 안내로 제대에 오르는 강우일 주교 부모

🐦 강우일 주교 가족. 왼쪽부터 강안례, 아버지, 강우일 주교, 어머니, 김수환 추기경, 강안경, 강안나 (남동생 강성일 불참)

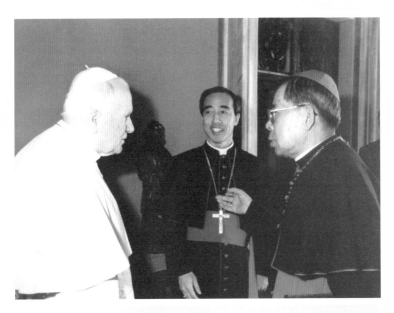

🕊 로마에서 요한 바오로 2세 교황에게 강우일 주교를 소개하시는 김수환 추기경

❧ 프란치스코 교황의 한국 방문 시 주교회의 의장으로서 교황과 악수하는 강우
일 주교

❧ 한국 주교단을 방문 시 깨알만큼이나 작은 프란치스코 교황의 서명 글씨를 보며 파안대소하는 한국 주교단의 주교들(교황님의 겸손지덕을 상징하는 듯한 아주 작은 글씨였다.)

THE MEMOIRS OF A CARDINAL

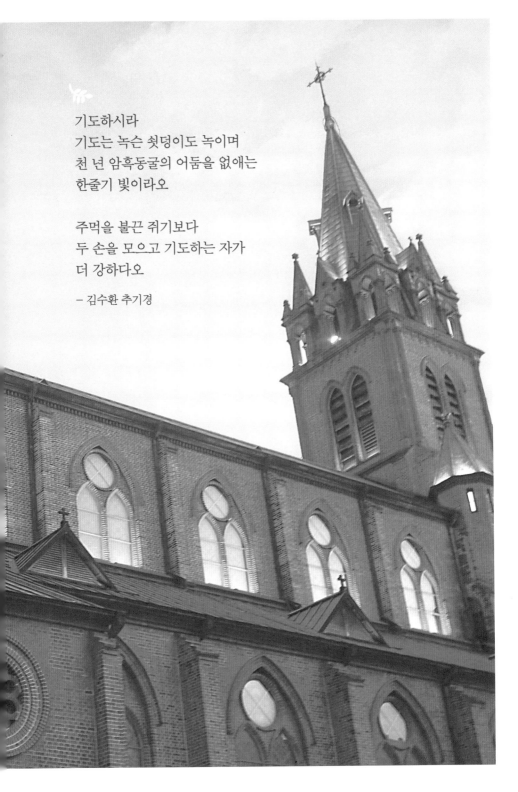

기도하시라
기도는 녹슨 쇳덩이도 녹이며
천 년 암흑동굴의 어둠을 없애는
한줄기 빛이라오

주먹을 불끈 쥐기보다
두 손을 모으고 기도하는 자가
더 강하다오

– 김수환 추기경

IX

동병상련同病相憐의 밤
아들과 손자의 죽음

> 예수님께서는 당신의 어머니와 그 곁에 선 사랑하시는 제자
> 를 보시고, 어머니에게 말씀하셨다. "여인이시여, 이 사람이
> 어머니의 아들입니다." 이어서 그 제자에게 "이분이 네 어머니
> 시다" 하고 말씀하셨다.   _요한 복음서 19장 26~27절

"참으로 나에게 이러한 슬픔이 없도록 하는 길은 애초 네가 태어나
지 않았어야 하는 것인데…. 아니라면 내가 죽은 뒤에나 이 슬픔
이 없어질 것이다. 새벽이 오면 슬프고, 해가 지면 슬프고, 풀이 돋
고 꽃이 피면 슬프고, 비바람 불고 눈서리 치면 슬프고, 아무도 없이
혼자 앉아있노라면 슬프고, 때때로 멀리 바라보자면 슬프고…."
조선 시대에 강박이 자식을 잃은 애비의 절절한 슬픔을 《국포집》
에 그렇게 읊었다.

사랑하는 사람의 죽음은 누구에게나 견딜 수 없는 슬픔이지만, 자
식을 앞세우는 것은 참척慘慽이라고 불렀을 정도로 견디기 어려운

큰 슬픔이다. 심중에 하고 싶은 말을 끝끝내 하지 못한 어미인 나는, 아들이 우리 곁을 떠난 후 검은 용암에 둘러싸인 섬의 작은 마을 한 구석에서 웅크려 가슴의 아픔을 핥고 있었다. 해가 뜨면 슬프고 바람이 불면 슬프고 해가 지면 더욱 슬펐다. 황무지와 바람, 그리고 별과 하늘밖에는 자랑할 것 없는 이곳에서 큰 불덩어리 같은 태양이 수평선으로 넘어갈 무렵, 시시각각 오묘한 색으로 변하는 구름 가득한 하늘을 넋을 잃고 바라보며 앉았다가, 해가 꼴깍 수평선 너머로 사라지며 비너스(금성)가 첫 모습을 드러내는 밤하늘을 무수한 별들이 뒤덮기 시작하면 나의 두 눈은 그 하늘 어느 별에 가있을 나의 아들을 찾아 헤매었다.

나의 첫 아들이며 유일한 아들이 미국의 한 산실에서 태어날 때, 주치의가 태어난 아기를 높이 들어 올리던 그 순간은 나에게는 마치도 천지창조의 장엄한 순간 같았다. 한 여성이 어머니로 새롭게 태어나면서 새로운 시(詩)의 세계가 펼쳐지고 만물이 사랑으로 물결치는 순간이었다. 아기를 안고 집에 돌아오는 길의 넓은 들판을 뒤덮은 노란 수선화에서는 환희의 나팔소리가 울려퍼지고 있었다.

유교 집안의 첫 손자로 태어난 아들은, 중학교 2학년 때 우리 가족 모두를 성당으로 이끈 힘을 가지고 있었다. 일찍이 천주교 입교를 결심하고 있었으나 유교 전통이 강한 시댁이여서 기회만 엿보고 있었는데, 나의 아들이 그 길을 터주어 시부모님을 위시해 전 가족이 세례의 은총을 입게 된 것이다. 나는 이런 아들을 사랑하고 또 사랑했다. 그렇게 밖에 표현할 길이 없다. 그런 아들이 32세에 요절한 것이다.

아들의 31세 생일, 애비가 비장한 표정으로 술 한 잔을 아들에게 건넸다. 나의 가슴이 철렁 내려앉았다. 아들의 다리에 이유 없는 피멍이 크게 나타나서 큰 병원에 혈액검사를 의뢰했었고, 그 결과를 초조히 기다리던 중이었다. 급성 백혈병! 이 청천벽력 같은 소식에 가족은 말을 잃었다. 그러나 '급성'이라는 진단이 비탄에 잠길 틈을 주지 않았다. 여러 사람들과 상의 끝에 하버드 대학교 부속병원인 '다나파버(Dana Faber) 암센터'로 날아갔다. 4개월 남짓한 사투 끝, 9월에 들어서면서 주치의는 차도가 있다면서 일시 귀국을 허락하였다. 가슴에는 '카테터'를 단 채였다.

아들이 완치된 것 같은 기쁨을 안고 서울로 돌아온 나는, 추기경님 실에 인사차 들렸다. 아들의 병 치료 과정을 귀담아 들으시던 추기경님이 무겁게 입을 여셨다.
"나의 손자도 지금 백혈병으로 성모병원에 입원하고 있어요."
나의 가슴이 쿵 소리를 내며 내려앉았다.
"손자가 몇 살입니까?"

"학생인데…, 홀어머니가 힘들게 간병하고 있어요."

백혈병은 치료에 엄청 많은 비용이 드는데, 보험제도가 없던 그 시절에는 병원비를 마련하는 일이 너무나 어려웠다. 어려운 이웃을 위해 백방으로 뛰시는 추기경님이지만, 가난한 당신은 친족들에게 이러한 경제적 도움을 줄 수 없는 형편임을 나는 잘 알고 있었다. 아~, 이 몹쓸 백혈병! 이미 깨질 대로 깨진 나의 가슴이 또 다시 부서졌다. 추기경님과 나는 이렇게 동병상련同病常鱗의 슬픈 길을 함께 걷게 된 것이다.

"1퍼센트의 가능성만 있어도 절대 포기하지 말라!"
매일같이 바라보던 병원 벽에 붙은 글이었다. 이 손자에게도 1퍼센트의 희망을 걸고 모금에 나섰다. 그러나 백혈병은 난치병 중의 난치병으로 알려져있던 시절이어서 사람들은 이 환자를 위해서는 주머니를 열려고 하지 않았다. 백혈병 환자의 가족이 겪는 어려움은 거기에 또 있었다.

12월 말에 아들의 병이 무서운 속도로 재발하였다. 우리는 다시 보스턴으로 날아갔다. 어떤 항암제도 이제는 내성이 생겨 듣지 않았다. 남은 세월을 아끼며 그곳에 머물겠다는 아들을 막무가내로 끌고 휴스턴에 있는 'MD 앤더슨 병원'으로 날았다. 새로운 약이 개발 중이라고 들었기에 마지막 지푸라기라도 잡는 심정이었다.

아들 부부와 나 세 사람과 간호사를 태운 작은 응급비행기air ambulance
는 폭우가 쏟아지고 뇌성과 번개가 번갈아 내리치는 칠흑 같은 밤
하늘을 가르며 만파萬波에 부침浮沈하는 가랑잎 같이 힘겹게 흔들리며
날았다. 추락할 것 같이 뚜욱— 아래로 떨어지는 순간에는 아들과
함께 죽는구나 싶어 오히려 마음이 편했다.

암센터로 유명한 'MD 앤더슨 병원'은 하늘나라로 떠나는 대합실 같
았다. 어디를 돌아봐도 힘겨운 투병 암환자로 가득했다. 다나파버
의 따뜻했던 돌봄의 분위기와는 전혀 다른 이 살벌하고 낯선 휴스
턴에서 우리는 아들의 마지막 사순절을 보냈다. 피투성이가 되신
예수님이 넘어지고 쓰러지시며 올라가신 골고다 언덕의 고통을 생
각하는 우리들의 나날이었다. 그렇게 힘들고 슬픈 부활절을 지내고
얼마 후 아들은 하느님 품으로 떠났다.

영원히 풀리지 않는 고통의 신비! 초심자 시절, 예수님의 십자가 고
통이 너무나 가슴 아팠던 나는, "사랑의 하느님이 사랑하는 아드님
에게 어찌하여 그렇게도 극심한 고통을 주시는 거지요?" 하며 새
신부 시절의 강우일 주교님에게 물었다. 고통의 신비를 이해할 수
있도록 도움을 청한 것이다.

"언젠가 아시게 될 겁니다, 이모님."

대답은 그것뿐이었다. 그로부터 30년 세월이 흐른 어느날, 'MD 앤더슨 병원'에서 강 주교님의 편지를 받았다.

종완(아들)이 일을 통해서 이모님은 예수님과 성모님이 걸어가신 고통의 신비에 많이 가까워지셨으리라 생각됩니다. 고통의 신비는 아무리 머리 좋은 사람도 아무리 지혜로운 사람도 알아들을 수 없고 오로지 고통의 길에 동참한 사람만이 접근이 가능한 신비이지요. 그 길은 예수님과 성모님과 함께 걸어가본 사람에게 특별한 위로와 믿음을 상으로 마련하고 계신답니다. 누구와도 나눌 수 없고 혼자서 짊어지셔야 하는 고뇌와 상처를 예수님과 성모님께 맡겨드리십시오. 그리고 그분들이 어떤 길을 먼저 걸어가셨는지 갈릴레아에서부터 골고다 언덕까지 같이 걸어가보십시오. 어떤 인간도 줄 수 없는 위로와 힘을 북돋워주실 것입니다.

많은 분들의 위로의 편지와 함께 이해인 수녀님의 편지도 받았다.

지금은 통고의 성모님으로 마음 놓고 울지도 못하고 서 계실 데레사 회장님…. 극심한 고통과 슬픔 중에선 가끔 믿음이 흔들립니다.

그것이 꼭 자신과 직접 연결되는 것이 아닐 때도 그러하고, 직접 연결이 될 땐 더욱 그러하고…, 그래서 자신이 '진정 그리스도인인가?' 자문할 때도 더러 있답니다.

그럼에도 불구하고 하느님은 분명 계시며 그분은 인간을 사랑하신다는 것 또한 거부할 수가 없는 게 사실입니다.

그러던 어느 날, 뜻밖의 일이 일어났다. 새벽 6시미사가 끝난 후, 앞줄에 앉은 사람 목덜미의 곱슬머리가 눈에 띄었다. 어디에선가 보았던 낯익은 곱슬머리.

"아~~ 브레냐 신부님이다!"

타이완, 다이중에서 있었던 '시노드' 때 뵌 적이 있는 예수회 신부님이 아닌가!

"브레냐 신부님!" 하고 큰소리로 외쳤다. 뒤를 돌아보신 신부님의 눈이 휘둥그레졌다.

"아~니, 신부님께서 휴스턴에는 웬일로?"

"휴가를 얻었기에 타이완을 떠나 스페인으로 가는 길에 휴스턴에 들렀지요. 헌데 데레사 자매님은?"

"저의 아들이 많이 위중하여…, 지금 'MD 앤더슨 병원'에 있습니다."

신부님은 즉시 나의 팔을 잡고 병원을 향해 택시를 잡으셨다.

병원에 도착하여 병실을 향해 올라가는 복도에서 다급하게 중환자
실로 실려가는 아들을 만났다.

"한 사람만 들어올 수 있습니다."

간호사가 중환자실에서 우리를 막아섰다. 나는 그 자리를 신부님께
양보하였다. 그리고 신부님은 아들의 마지막 가는 길을 지켜주셨다.
예수님께서 우리에게 브레나 신부님을 보내주셨음을 나는 믿었다.
아니, 예수님 자신이 오신 것으로 믿었고, 기적이라고 믿었다.

우리 두 사람이 첫 새벽에 그렇게 만날 수 있었던 것은 확률적으로
거의 불가능하지 않는가? 우리 두 사람이 각각 세계를 한 바퀴 돈
지점, 큰 도시 휴스턴의 한 성당에서 새벽 6시미사 바로 앞뒤 자리
에 앉아있었다는 사실, 내가 7년 전 다이중 '시노드'에서 한두 번 뵌
신부님의 곱슬머리 뒷모습을 즉시 알아본 사실. 그리고 아들의 마
지막 순간에 우리 두 사람이 병원에 도착할 수 있었던 사실…. 이
모든 것이 나에게는 기적이었다.

휴스턴 한인교회 신부님에게서는 소식이 없어, 우리들 앞에 홀연히 나타

난 브레냐 신부님이 장례미사를 집전하셨다. 브레냐 신부님은 화장터까지 따라오시면서 모든 장례 절차가 마무리된 것을 확인하신 후 스페인을 향해 떠나셨다. 이 마음 따뜻한 신부님에게 아들은 마지막 순간에 진심으로 마음을 열었으리라고 생각하면서 하느님의 자비의 손길을 느꼈다.

유골을 안고 서울에 돌아온 후, 세종로 성당에서 아들의 추모미사를 올리던 날 아침, 김수환 추기경님과 김옥균 주교님이 제대 위로 올라오시는 모습에 다시 한 번 놀랐다. 또 다시 위로자로 나타나신 추기경님의 모습에 참았던 눈물을 또 쏟았다.

그로부터 얼마 후 추기경님의 손자도 하느님 품으로 떠났다. 손자의 장례미사 후, 추기경님과 함께 묘지로 향했다.
"저—기 애절하게 울고 있는 처녀가 손자의 애인이래요." 하시며 무덤 앞에서 눈물을 흘리고 있는 처녀를 가리키시는 추기경님의 표정도 슬프고 어두웠다.

손자의 죽음으로부터 5년의 세월이 지난 성탄절에 추기경님으로부터 책 한 권을 받았다.
≪김수환 추기경의 신앙과 사랑≫의 마지막 장에는 손자 정권에 이어 세상을 떠난 손녀에 대한 추모의 글이 실려있었다. 손자에 이어 손녀도 백혈병으로 세상을 떠난 것이었다.

어디 가면 너를 볼 수 있니.

정민아!

어디 가면 너를 볼 수 있니.

이 세상을 아주 떠난 너를 어디가면 볼 수 있니.

⋮

"뿌리다니, 그럼 정민이는 재도 없단 말이냐?"

네 엄마는 울기만 하고 답을 못하더구나.

정민아! 너는 참으로 마음으로 가난한 소녀였다.

그러기에 분명히 하늘나라를 차지하였을 것이다(마태오 복음서

5장 3절 참조).

그래도 아직도 이 땅에 남은 우리들 – 엄마와 네 형제들은 물

론이요,

이 할아버지도 너를 잃은 슬픔을 떨쳐버릴 수 없구나.

한 줌의 재가 된 너를 그나마 바람에 날려버린 것이 못내 아

쉽구나.

정민아!

무덤도 묘비도 아무런 흔적조차 없는 너를 어디 가면 볼 수

있겠느냐.

이렇게 추기경님과 나는 한동안 동병상련의 슬픈 가시밭길을 함께 걷고 있었다.

혜화동에 은퇴하신 후 추기경님께서 나에게 물으셨다.
"데레사는 아들이 죽었을 때 하느님을 원망하지 않았나? 박완서 씨는 벽에 있는 십자가를 방바닥에 내동댕이치며 하느님을 원망했다는데…. 원망할 상대가 필요해서 하느님이 계셔야 한다고 했다는데…."
"제가 잘한 게 뭐가 있어 하느님을 원망할 수 있겠습니까."
나는 힘없이 대답하였다. 아들을 잃었을 때의 나의 마음은 부서지고 부서져서 십자가를 내동댕이치며 원망할 힘도 없었고, 원망할 자격은 더더욱 없었다.

죽은 나자로를 무덤에서 일으키신 예수님께, 그리고 야이로의 죽은 딸을 살려주신 예수님께 매달리며 아들을 위해 기도하면서도 언제나 기도 끝에는 "주님의 뜻대로 하옵소서" 하고 엎드렸다. 교회에서 배운 바와 같이 그렇게 기도하였다. 그러나 훗날 내 마음에 슬픔이 넘칠 때면, "그러지 말 것을! '꼭 치유해주셔야 합니다! 그렇게 믿습니다!' 하고 울부짖으며 떼를 썼어야 했을 것을! 인격의 하느님이시니 떼 쓰는 자에게 더 약해지심이 틀림없을 것"이라는 생각을 그때는 미처 하지 못했던 바보 같은 어미였다.

《왜 착한 사람에게 나쁜 일이 일어날까》의 저자인 랍비 해럴드 쿠쉬너는 아들을 조로증으로 잃고 나서 쓴 책에서, "내가 이 비극을 통해 더 좋은 사람이 되었다고는 하나, 비록 내가 더 좋은 사람이 되지 않더라도 아들이 죽지 않았으면 좋았을 것을…"이라고 하였다. 바로 내가 하고 싶은 말이다. 내가 더 좋은 사람이 된다 한들 얼마나 더 좋은 사람이 될 수 있었을까? 더욱이, 죽은 아들로 인해 더 좋은 사람이 된다는 것은 나에게는 견딜 수 없는 일이다. 참으로 불가사의한 고통의 신비가 아닐 수 없다.

이러한 고통 중에서도 눈을 감을 때까지 잊을 수 없는 '착한 사마리아인'과의 만남이 있었다. 'MD 앤더슨 병원'에서는 수혈이 필요한 아들을 위해 24시간 내로 피를 직접 구해오라고 했다. 낯선 땅에서 갑자기 24시간 내에 수혈하는 데 필요한 피를 어디서 구할 수 있었겠는가? 그러나 이는 목숨을 거는 일이었으니 피를 구하기 위해 나는 필사적이었다. 그런데 "언제든지 전화만 주세요. 달려오겠습니다." 하며 두 한국계 청년이 나타났다. 특히, 그중 한 분은 아들의 마지막 순간까지 나의 갑작스런 전화에도 불구하고 어김없이 달려와 그 늠름한 팔을 걷어붙이며 피를 뽑아주었다. 알지도 못하는 형제를 위해 목숨과 같은 피를 필요할 때마다 매주 내주신 강성수 씨! 세상에 이보다 더 숭고한 사랑이 또 있을까? 나로서는 도저히 그 은혜를 다 갚을 길 없다.

또한 위로마저 거부하던 완강한 나의 마음에 아침 햇살과 같은 말을 건네주는 사람이 있었다. 세종로 성당 보좌신부 시절의 고찬근 신부님이 그중 한 분이시다.

"어머니…, 아들을 잃으셨지만 대신 모든 사제가 아들이 되었어요, 어머니."

그로부터 모든 사제는 나의 아들이며, 고통 받는 이, 일선에서 추위에 떠는 군인, 곡예를 하듯 아슬아슬하게 자동차 사이를 누비는 알바 청년, 바다에 침몰한 학생들마저 다 나의 아들이 되었다.

아들의 10주기를 기리며 성북동 성당에 여덟 쪽짜리 유리화를 봉헌하였다. 한국의 순교자 네 분과 김대건 성인의 모습을 이 유리화에 담았다. 내가 겪은 고통을 어찌 순교자의 고통에 비할 수 있으리오만은, 그 고통의 시간에 순교자의 고통을 생각하며 함께하였고, 한국 순교자의 모습을 성당에서 자주 접하고 싶기도 했기 때문이었다. 양단철 작가는 이 작품을 제작하는 동안 늘 촛불을 밝혀 아들의 영혼을 위해 기도해주었고, 주님의 품에 안긴 그의 형상을 〈성모승천〉이라는 유리화 하단에 있는 젊은이의 모습 안에 담아주었다.

천상의 모후 성모님의 품에 안긴 아들을 유리화를 봉헌하며 놓아주었다고 생각했는데, 눈물의 강은 기쁠 때나 슬플 때나 때를 가리지 않고 마음속에 흐른다. 그렇기에 2014년 4월 16일 '세월호 참사' 소식을 여행길에서 접하였을 때, 나는 타지에서 사흘 밤 내내 서럽게 울고 또 울었다. 고통 속에서 사라진 아들 같은 젊은 영혼들과 그들의 어머니들을 생각하며 그렇게 울었다. 그 참사의 날은 바로 나의 아들의 생일이었다.

아들이 그리운 어느 날 쓴 일기

나의 아들이 사무치게 그리운 날, 나는 마치 우리 안에 갇힌 상처 입은 동물처럼 웅크리고는 상처를 핥을 힘조차 잃은 채 나락으로 떨어진다. 오늘이 바로 그런 날이 되어 버렸다.

아침부터 함박눈이 내렸건만 나는 침대 속에 꼭 틀어박혀 꼼짝을 할 수가 없었다. 밤새도록 그리움에 시달리다가 날이 샌 것이다. 아마 친구로부터의 전화가 없었더라면 나는 하루를 그렇게 꼬박 지냈을 것이다.

몇 번이고 몇 번이고 내려놓겠다고 다짐한 아들이건만, 이 지독한 그리움은 날이 갈수록 더해가기만 한다. 그 애가 다가와서 말한다. "마미, 왜 또 그러세요…?", "너를 만날 날이 가까워 진 탓일까…." 구릿빛으로 탄 씩씩한 모습으로 ≪데미안≫을 배낭에 넣고 "마미-" 하고 나의 품으로 돌아오던 나의 아름다운 아들아.

이런 날은 머리도 잘 돌아가지 않는다. 그래서 글도 제대로 쓸 수가 없다. 그냥 피아노 앞에 하염없이 앉았다가 몇 곡을 두드려보지만 나의 손가락 소리는 둔탁하여 귀에 거슬리기만 한다.

그래도 이대로 주저앉을 수는 없다. 쓴 커피를 들이키며 정신을 가다듬는다.

도대체 삶이란 무엇이란 말인가! 또 다시 자신에게 묻는다.

나의 사랑이 하나하나 내 곁을 떠나갔는데….
앞으로도 떠나갈 것인가? 그것이 와락 두려워진다.

사랑하지 말 것이다.
나의 사랑하는 아이들로부터 정을 멀리하려고도 해보았다.
그런데 사랑 없이 이 세상을 산다는 것에 무슨 의미가 있으랴.

일찍이 부모님이 떠나가시는 것이 너무나 두려워 늘 그리 생각했다.
부모님보다 내가 먼저 떠나자 하고. 얼마나 철없는 생각이었던가.
그런데 나는 떠나지 않았고, 이제 나이시계는 여덟 번을 치려하지 않는가.
너무 오래 살았나보다.

피아노 위에 슈베르트의 〈겨울 나그네〉가 놓여있다.

겨울 나그네. 그렇다. 오늘의 나는 눈보라치는 겨울에 방황하는 나그네다.

5곡 〈Der Lindenbaum(보리수)〉를 찾아 조용히 노래를 불러보았다.

'성문 앞 우물곁(Am Brunnen vor dem Tore)에 서있는 보리수.'

한 번, 두 번, 세 번… 눈물이 또 솟구친다.

Muller(뮐러)는 폭풍우 휘몰아치는 겨울 나그네 안에 이처럼 아름다운 '보리수'를 위로의 그늘로 드리워놓았다.

'그 가지는 마치 날 부르는 것처럼 속삭였네.

친구여, 내게로 와요.

여기서 당신은 안식을 찾을 수 있을 거예요.' 그리고

'그곳에서 안식을 찾으리라',

이렇게 슬픈 하루해는 저문다.

❧ 가족이 영세하던 날. 왼쪽부터 첫째 줄 김미영, 김수영, 둘째 줄 저자, 김미사, 김 종완, 강정순(시어머님), 뒷줄 세검동 성당 주임 백 신부, 김창성, 김용주(시아버님)

❧ 성북동 성당 유리화 봉헌미사. 김옥균 주교 주례

성북동 성당 여덟 쪽 유
리화 오른쪽 끝에 복자
주문모 야고보 신부, 복
자 강완숙 골롬바, 복자
정약종 아우구스티노

🕊 성북동 성당 우편 유리
화 중에서

128~129페이지의 여덟 쪽짜리 유리화는 성모님과 우리나라 순교자들에게 봉헌하는 마음으로 제작되었다. 그중에서 누구보다도 장렬하게 순교하신 네 분과 김대건 안드레아 신부님을 담았다.

우편 유리화 끝에는 성 김대건 안드레아 신부님을 담았고, 좌편 유리화에는 순교자 주문모 야고보 신부님, 두 분 순교자 강완숙 골롬바 초대 여성회장과 정약종 아우구스티노 초대 남성회장이다. 이 세 분 모두 2016년에 복자품에 오르셨다.

서울 가톨릭 여성 연합회는 여성회장 복자 강완숙 골롬바를 회원들의 롤모델로 삼고있다.

성북동 성당 유리화 우편 끝에는 성 김대건 안드레아 신부님의 순교 장면과 중국에서 귀국하실 때 타고 오신 라파엘호를 담았다.

X
아기와 추기경님

예수님께서는 그 아이들을 가까이 불러놓고 이르셨다.
"어린이들이 나에게 오는 것을 막지 말고 그냥 놓아두
어라. 사실 하느님의 나라는 이 어린이들과 같은 사람
들의 것이다."
_루카 복음서 18장 16절

어느 해보다 가슴이 더 설레는 대림시기를 보내고, 드디어 성탄절
에 첫 손녀가 우리 앞에 모습을 드러냈다. 친가와 외가 양가의 첫
손녀의 출현은 그 옛날 베들레헴 마구간에서 태어나신 아기 예수님
의 탄생의 기쁨을 실감케 하였다. 그해의 크리스마스는 우리 모두
에게 어느 해보다도 큰 축복이며 기쁨이었다.

아기 어머니의 산후조리를 위해 우리 집에 데리고 있을 때, 그리고
그 후에도 외가에서 며칠 간 머물 때, 어찌나 아기가 사랑스럽던지
어디를 가든 나는 이 아기를 안고 다녔다. 손자·손녀에게 흠뻑 빠
져본 경험이 있는 분들은 나의 이런 마음을 쉽게 이해할 것이다.

겨울을 보내고 백일을 지낸 다음 날, 아기는 나타리아라는 세례명으로 유아세례를 받았다. 세종로 성당 유재국 신부님으로부터 세례를 받는 동안, 나타리아는 그 큰 눈을 한 번도 뜨지 않고 새근새근 잘도 자고 있었다. 나타리아가 세례를 받음으로써 양가에는 5대째 크리스천이 탄생한 것이다. 이 축복의 날의 기쁨을 나는 많은 분들과 나누고 싶었다. 특히 나타리아 부모의 약혼 · 혼배미사를 올려주신 김옥균 주교님과 강우일 주교님께 감사의 뜻으로 부활주일 만찬을 마련하였다. 그리고 김수환 추기경님께 이 아기를 자랑하고 싶어 함께 모셨다.

"이 날은 좋은 날, 주님이 주신 날…."
참으로 기쁘고도 기쁜 날이었다.
"신앙은 3대째에서 꽃이 활짝 핀단다"라고 친구 어머니가 늘 말씀하셨는데, 주위의 신앙인 가정을 살펴보면 참으로 그러한 것 같았다. 그래서 나에게로부터 3대째인 이 손녀에게서 신앙의 꽃이 아름답게 활짝 피어나가기를 축원하였다.

만찬이 끝난 후, 추기경님에게 아기를 안겨드렸다. 인자한 할아버지 추기경님의 모습이 신기하고 보기 좋았다. 추기경님에게 안겨서도 나타리아는 계속 잠만 자고 있었다. 그렇게 추기경님에게 안겼던 순한 아기는 예쁘게 자랐고, 결혼을 하여 아들에 이어 딸을 낳았다. 저출산으로 고민하는 이 나라 사회를 위해 큰 공헌을 한 것 같아 무척 대견하다. 또한 나에게 증손자·증손녀가 생겼으니 참으로 큰 축복이 아닐 수 없다.

추기경님이 계셨더라면 얼마나 좋았을까? 할아버지 추기경님에게 증손자·증손녀인 나타리아의 아들과 딸을 한 번 더 안겨드릴 수 있었으면 얼마나 좋았을까!
"이렇게 예쁜 아기들 더 많이 많이 낳으세요" 하며 인자하게 웃으시는 얼굴을 그려본다.
1988년 4월 3일, 그 축복의 저녁부터 30년이란 세월이 흘렀다.

아기 서혜정 나타리아를 안고 미소 지으시는 추기경과 김옥균 주교. 1988년 4월 3일

첫 손녀 나타리아에 푹 빠진 외할머니 저자. 그리고 뒤에 보이는 왼쪽 어른이
친할머니

❧ 나타리아의 아들과 딸인 장서윤과 장선우

XI
제44차 세계 성체 대회
기적 같은 이야기

나에게 힘을 주시는 분 안에서 나는 모든 것을 할 수
있습니다. _ 필리피 신자들에게 보낸 서간 4장 13절

요한 바오로 2세 교황님이 1984년 103위 성인 시성식을 위한 서울
방문에 이어, 5년 만에 두 번째로 제44차 세계 성체 대회를 위해 서
울을 방문하셨다. 4년에 한 번 치르는 세계 성체 대회는 '교회의 올
림픽'이라고도 불린다. 세계의 가톨릭 신자들, 수도자들, 그리고 사
제들이 전 세계의 교구들 중 한 곳에 모여서 여는 세계적 행사인데,
1989년에는 한국의 서울 대교구에서 열린 것이다.

행사일이 얼마 남지 않은 시점에 준비위원회의 한 부서에서 나를
불렀다. 일이 잘 풀리지 않아 '해결사'로 부른 것 같았다. 회의를 하
다가 저녁 6시가 되니 담당 사제가 식사하러 가자며 자리에서 일어

나셨다.

"잠깐만요! 아직 아무것도 결정을 보지 못했으니 회의 마무리부터 하고 식사하면 좋겠습니다!"

한시가 절박했던 나는 침묵할 수가 없었던 것이다. 놀라는 얼굴들이 나를 향했다. "감히?"라고 말하는 듯한 표정도 읽을 수 있었다. 나는 굴러들어온 돌이었으니 말이다. 담당 사제도 마음속으로는 어이없으셨겠지만 그래도 다시 자리에 앉으셨다.

이 부서에서 맡은 일은 언어권(영어, 일어, 독어, 프랑스어, 중국어), '성목요일 만찬' 때 해외신자 가정 초대, 그리고 한국 방문 신자들의 민박 알선 등이었는데, 그때까지도 대책이 세워지지 않고 있었다. 언어권을 맡겠다고 자청한 나는 그 외 여러 부서의 조직도 도와야 했다.

그렇게 바쁘게 움직이던 어느 날, 모금 담당 부서에서 또 나를 찾았다. 열심히 모금을 했는데도 1억 500만 원이 부족하니 도와달라는 부탁이었다.

'내가 은행인가?'

솔직히 무슨 재주로 이 큰 돈을 급히 마련할 수 있겠는가. 부탁 중 가장 난감한 부탁이었다.

'하늘에서 만나가 떨어지듯, 돈뭉치가 떨어져준다면 얼마나 좋을까.'

그러나 교회 일은 사람이 시작하면 성령께서 이루어주심을 믿으며 대책을 세웠다.

'서울 가톨릭 여성 연합회(이후 '서가연')'의 이근자 이사와 의논 끝에 과거 '서가연' 후원자와 회원 100명의 명단을 만들었다.

"한 분씩 100만 원만 만들어주신다면…."

야무진 꿈이었으나, 그 무렵 100만 원이란 누구에게도 만만한 액수는 아니었다.

"추기경님, 제가 성체 대회를 위해 모금도 도와야 하는데 역부족이오니 추기경님께서 모금자리에 잠깐 참석만 해주신다면 큰 힘이 되겠습니다!"

이렇게 또 추기경님께 달려가고야 말았다.

"아마도 우리 생애의 처음이자 마지막으로 서울에서 열리는 성체 대회가 될 것이니 성의껏 모금에 동참해주십시오."

추기경님 앞에서 그렇게 역설하였다. 그리고 〈모금 노트〉를 돌렸다. 100명이 쓴 노트가 드디어 나에게 돌아왔다. 모금 액수를 합산해본 나는 내 눈을 의심하였다. 몇 번이고 다시 합산을 해보아도 합계는 1억 500만 원!! 우리가 필요한 액수가 더도 말고 덜도 말고 정확하게 적혀있었다. 1억 500만 원! '오병이어五餠二魚'의 기적을 보는 것 같았다.

우리에게 힘을 주시는 분은 하느님이시지만, 나는 알고 있다. 그 기적 같은 모금 액수는 신심 깊은 여성들의 '김수환 추기경 사랑'의 힘이었다는 것을…. 그 시절, 추기경님의 어려움을 알게 되면 언제든 팔을 걷고 나선 여성들, 그 어느 사랑보다 강하다는 모성의 힘으로 교회 뒷바라지를 하던 여성들의 교회와 추기경님에 대한 사랑의 힘이었다는 것을….

'서가연'은 일찍이 박신언 신부님(현 몬시뇰)으로부터 성체 대회 장엄미사 때 성체 분배자의 안내역을 맡아달라는 부탁을 받았었다. 2,830명에 달하는 성체 분배 담당 사제들을 각자 정해진 자리로 안내하는 일이다. 여의도 광장에 운집한 60만이 넘는 인파를 헤집고 자기 자리를 찾아가기란 결코 쉬운 일이 아니기에 대회 전날에 예행연습이 있었다. 그러나 집합하는 데만 두 시간이 더 걸리는 바람에 시작도 하기 전에 주어진 시간을 다 소진해버렸다. 별 수 없이 미리 준비한 자리매김 약도를 각자에게 나눠주며 밤새 열심히 기도하고 다음 날 각자 자리를 잘 찾아가주기를 부탁하며 해산할 수밖에 없었다.

성체 대회 전날은 바로 카오스 그 자체였다. 외국에서 온 언니가 뚫린 구멍을 막으며 이리 뛰고 저리 뛰는 우리에게, "막이 오르기 전 무대 뒤는 언제나 카오스 상태이나 막이 오르면 연극은 그런대로 치러지니 너무 걱정하지 말아요!" 하며 위로해주셨다.

많은 사람들이 참으로 열심히 뛰었다. 기획분과위원장인 장익 신부님이 과로로 쓰러지셨다는 전갈을 받고 비상용 우황청심환을 보내드린 해프닝, 수녀님 한 분이 기진맥진해져 그 부서 신부님이 개장국 한 사발로 눈을 열어주신 일, 밤낮 없이 돌리던 프린터가 수리가 불가능할 정도로 망가진 일 등⋯. 열거하면 끝이 없을 것이다.

대회 개막 아침, 여의도에 설치된 제단으로 올라가는 계단 아래에 대기하고 있던 나에게 전례 담당이신 정의철 신부님이 크기도 모양도 보름달 같은 성체를 쟁반에 담아 나타나셨다.
"잘 지켜주세요. 교황님의 성체입니다."
탁자 위에 쟁반에 담긴 둥근 달 같은 그 큰 성체를 내려놓고 어디론지 바삐 사라지셨다. 나는 그렇게 큰 성체를 본 적이 없어 놀랐다.
"아이고~ 이 얇고 큰 성체가 혹여 나의 실수로 부서지면 어쩌나!"
가슴이 두근거리기 시작했다.
"날아다니는 비둘기 배설물이나 먼지가 성체 위에 떨어지면 어쩌나!"
하고 얼른 미사보를 벗어 성체를 덮었다. 그리고는 그 큰 성체를 담은 쟁반을 두 팔로 끌어안고 정신없이 기도를 올리기 시작했다.

　　예수님
　　이 나라에 진정한 평화를 주십시오.
　　이 세계에 진정한 평화를 주십시오.

청하옵건데 성체 대회를 수고한 모든분에게

당신의 축복을 내려주시고

목포 경애원*의 고아들과, 그 애들과 같은 불쌍하고

고통받는 이들을 위로하여 주소서.

갈라진 북쪽땅 위정자들의 마음을 움직여 회개하게 하여주시고

남쪽땅의 위정자들이 진실로 정치를 도모하게 도우소서.

온 세계에서 무기를 휘두르는 자들의 팔을 묶어주시고

굶주리는 이들을 위해 가진 나라들이 더 베풀게 도와주소서.

이 세계가 당신 안에 하나임을 모두가 깨닫게 하여주시고

저이들이 진정 당신의 평화의 도구가 되게 도와주소서.

이윽고 흰 제의를 입은 사제 3,000여 명이 제단을 향해 계단을 오르기 시작했다. 103위 성인 시성식 때도 그러하였거니와 사제들의 행렬은 성스럽고 장엄한 나머지 전율을 느끼게 했다. 사제들의 입장이 끝나자 교황님 일행의 입장이 시작되었다. 교황님 뒤를 바짝 따르던 바티칸 전례 담당 주교님이 탁자 위의 성체와 나를 번갈아 보시고는 눈짓으로 물으셨다.

"안전하지요?"

"네~."

나도 그렇게 눈짓으로 대답했다. 내가 성체를 맡은 것을 어찌 정확

---

* 목포경애원: 목포에 있는 고아원을 후원하던 때였다.

히 아셨을까? 나에게는 미스터리다. 주교님이 미소를 날리며 교황
님 뒤를 따라 올라가시는데, 일행의 흰 레이스 제의가 천사의 날개
처럼 눈부시게 아름다웠다.

"찬미 예수님!"
우렁찬 교황님의 인사에 이어, '그리스도, 우리의 평화'를 주제로 한
제44차 세계 성체 대회 장엄미사가 막을 올렸다. 그러나 탁자 위의
'교황님의 성체'에 온 신경이 쏠린 나는 "찬미 예수님" 이외는 아무것
도 귀에 들어오지 않았다. 그때 정의철 신부님이 다시 나타나시어
'교황님의 성체'를 거두어가셨다. "휴~~" 하고 가슴을 쓸어내렸다.
"성체만 맡아도 이렇게 온 신경이 곤두서는데…."
그날의 전례행사를 도맡으신 정 신부님의 침착하고 익숙한 솜씨가
무척 존경스럽고 놀라웠다.

아이보리코스트에서 온 유학생인 어거스트 보아와 나는 나란히
40계단을 올라 예물 봉헌을 하였고, 교황님은 그 자리에서 우리에게
교황님 인장이 박힌 묵주케이스를 선물로 주셨다. 묵주케이스를 받
아든 우리는 한쪽으로 물러서서 신자들이 성체를 모시면서 한몸이
되는 성스러운 영성체시간이 다가온 여의도 광장을 내려다보았다.
"우리 모두 한 빵을 함께 나누기에 한몸입니다."(1코린 10장 17절)

미색 한복 차림 여성 2,830명이 우리가 고안한 성모님의 푸른 색을 연상시키는 푸른 줄무늬 우산을 사제들의 머리 위로 받쳐 들고 금빛 실개천을 이루며 광장을 매운 신자들의 알록달록한 한복 꽃밭 사이로 흘러들어갔다.

"한복은 아름다운 전례복입니다!"

옆에 서 계시던 외국 주교님들이 찬사를 연발하셨다.

제단 위에 계시는 추기경님을 흘끔 바라보았다. 매우 흐뭇한 표정이셨다. 걱정하지 말라고 한 언니 말이 맞았다. 막이 오르기 전의 무대 뒤는 카오스 상태였지만 일단 막이 오르니 모든 일이 순조롭게 진행되어갔다. 교황님의 황금색 제의에 맞추어 미색 옷감을 짜는 데만 3개월이 걸렸다. 이 미색 한복을 차려입은 순발력 뛰어난 한국 여성들은 그날 단 한 번의 리허설도 없이 자신들의 자리를 찾아가 맡은 바 임무를 완벽하게 해냈다. 이 또한 작은 기적, 나만이 경험하는 기적이었다.

성체 대회가 끝난 다음 날, 한 신문과의 인터뷰 때 추기경님이 말씀하셨다.

"8일 오후에 가진 영접식에서 외국 대표들로부터 수많은 찬사를 받고 감사하다는 말을 하느라고 목이 쉬었을 정도니 서울 대회는 성공적이라고 봅니다."

≪추기경 김수환 이야기≫에서는 또 이렇게 말씀하셨다.

"8일 여의도 광장에서 봉헌된 장엄미사는 한 폭의 그림 같았다. 영성체 기간에는 나도 깜짝 놀랄 만큼 아름다운 풍경이 펼쳐졌다. 한복을 곱게 차려입은 여성들이 양산을 받쳐 들고 성합을 든 신부들을 따라 신자석으로 흩어지자 제단에서는 '원더풀wonderful' 탄성이 연이어 터져 나왔다."

그리고 또 말씀하셨다.

"성체 대회 직후 로마에 갔을 때 귀에 못이 박히도록 들은 말이 '성체 대회가 매우 아름다웠다'는 칭찬이었다. 교황 해외 순방 때마다 동행하는 수행팀은 내게 이런 말을 했다. "교황님을 모시고 수십 개국을 다닌 우리가 '아름다운 나라(행사) 베스트'를 뽑아놓았다. 1위는 교황님께서 취임 직후 방문하신 고국 폴란드다. 2위는 1984년 한국 200주년 신앙 대회, 그 다음은 1989년 서울 성체 대회다."

추기경님께서 흐뭇한 표정으로 이런 이야기를 되풀이해 들려주실 때면 우리들의 그간의 노고는 눈 녹듯 녹아내리는 것이었다.

성체 대회 본부 출범 직전, 강우일 주교님과 장익 신부님(후일 춘천 교구장)은 '한마음 한몸 운동' 실천 방안을 정했고, 그리하여 1989년 9월 20일 한국 순교자 대축일을 기해 헌혈 운동도 점화됐다. 이날 김수환 추기경님은 안구 기증을 약속하셨는데, 1989년 성체 대회로부터 20년 세월 후인 2009년 2월 16일 김수환 추기경님의 안구기증

약속은 이루어졌다.

1989년 성탄절에 추기경님으로부터 받은 성탄카드에는 다음과 같은 글이 실려있었다.

† 찬미 예수

1989년이 저물어갑니다.

모든 교우들의 정성과 기도로써 세계 성체 대회가 거행된 은총의 해였고 이제는 한국 교회가 온 세상의 성화를 위해 선교의 책임을 지고 있음을 확인한 소명의 해였습니다.

그러기에 하느님께 감사하고 모든 이와 나누는 삶을 다짐하게 됩니다.

이제 구세주의 탄생을 기리며 더욱 낮추고 더욱 가난한 교회가 되어 성체의 신비를 삶 속에 드러내며 참평화의 샘물을 긷는 새해가 되기를 축원합니다.

친애하는 오덕주 이사님

모든 수고와 기도와 봉사에 감사하며 건강하시기를 빕니다.

김수환 추기경

여의도 광장 제단 위로 올라가는 사제들의 행렬

제단 위로 올라가는 봉헌 행렬

신자들의 예물 봉헌 행렬. 신부 뒤 오른쪽 저자, 왼쪽 아이보리코스트 유학생 어거스트 보아

여의도 광장에서 미색 한복 차림 여성 2,830명이 제단 밑에서 성체 분배 담당 사제들을 기다리는 장면

[출처: 송태백 (현석문 가롤로作)]

🐦 여의도 광장에서 성합을 든 사제의 머리 위로 푸른 줄무늬 양산을 받쳐 든
2,830명의 행렬　　　　　　　　　　　　　　　[출처: 송태백 (현석문 가롤로作)]

애타게 지키던 성체를 요한 바오로 2세 교황이 들어 올리셨다. 왼쪽에 김수환 추기경

[출처: 송태백 (현석문 가롤로作)]

🐦 요한 바오로 2세 교황으로부터 성체를 받는 순간 꽃밭을 이룬 여의도 광장의
신자들

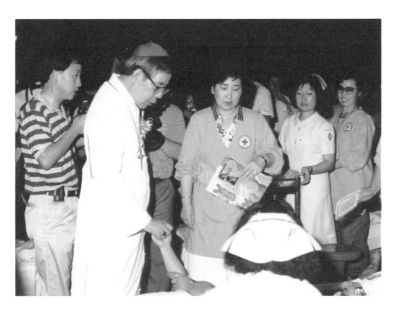

성체 대회 때 헌혈 현장을 방문 · 격려하시는 김수환 추기경

> 김수환 추기경 그리고 모금 담당 위원들과 함께 성체 대회 후원자들과의 오찬.
> 앞자리 왼쪽부터 김송자 글라라, 전정희 골롬바, 김광선 안나, 14종도 회원

XⅡ
수녀님의 못 말리는 추기경님 사랑

예수님께서 베타니아에 있는 나병 환자 시몬의 집에 계실 때의
일이다. 마침 식탁에 앉아계시는데, 어떤 여자가 값비싼 순 나
르드 향유가 든 옥합을 가지고 와서, 그 옥합을 깨뜨려 그분 머
리에 향유를 부었다.   _마르코 복음서 14장 3절

우이동 깊숙이, 인수봉 밑자락에 자리 잡은 갈멜 여자수도원에는
훤칠한 키, 하얀 피부에 부리부리한 눈이 빛나는 외부 담당 강 베로
니카 수녀님*이 계셨다.
서울 세계 성체 대회가 끝난 다음 해인 1990년이었다. 수녀원에서
가꾼 상추 한 상자를 들고 수녀님이 우리 집에 들르셨다. 어려운 일
이 있을 때나 모금이 필요할 때, 수녀님은 이렇게 상추 한 상자를
들고 신자 집을 찾으시곤 하셨다.

• 강 베로니카 수녀: 강 베로니카 수녀님은 강우일 주교님의 당대고모시다.

"사모님!"

이 호칭을 내가 얼마나 마다했던가! 그러나 수녀님의 고집을 누가 꺾을 수 있으랴!

"제발 그 호칭 거둬주세요" 하는 나의 애원도 소용이 없었다.

"갈멜 수녀들 고생이 이만저만이 아닙니다."

요한 바오로 2세 교황님의 첫 서울 방문 이후라 가톨릭 신자수가 부쩍 늘어나던 때였다.

"이젠 수동식으로 제작하는 데에는 한계가 왔습니다. 그래서 독일에서 반자동 기계를 들여오려는데…." 하시고는 고개를 숙이시며, "무척 비싸다고 하네요" 하시는 것이 아닌가.

수녀님은 늘 이런 식으로 당신이 짊어진 난제難題를 털어놓으시고는 크게 한숨 한 번 내쉬는 것이었다. 그러면 나도 함께 마주 보고는 한숨을 내쉬곤 하였다. 갈멜 수도원은 서울의 모든 본당과 기타 몇 지역에 보내는 성체 제작을 맡고 있었다. 봉쇄된 수도원의 깊은 곳에서의 수녀님들의 노고와 고충을 내가 어찌 알 수 있었겠는가.

"그 독일제 기계라는 거…, 얼마나 비싼데요?"

억대가 넘는 가격이라고 하셨다. 입이 딱 벌어진다.

"아이고…, 그럼, 모금도 하고 돈 버는 궁리도 해봐야지요."

나의 대답은 늘 그러했다. 우리가 최선을 다한 다음은 하느님 몫으로 미루는 수밖에 없다. 아빌라의 데레사께서, "만일 그렇지 않게 되면 하느님이 손해 보시게 됩니다" 하며 투정하였다는데, 데레사 성녀의 이러한 투정에 대한 기억은 어려운 고비마다 나에게 큰 힘이 되어주었던 것이다.

꼭 김수환 추기경님과 함께하면 어려운 일들이 비교적 순조롭게 풀렸던 것처럼, 해결사의 카리스마를 지닌 베로니카 수녀님의 갈색 수녀복 옷자락이 한 번 '펄럭' 하기만하면 어려운 일들이 잘 풀린다는 것을 알고 있던 나다. 하지만 그날은 유독 수녀님의 한숨 소리가 매우 깊었다. 다행히 갈멜 수녀님들의 '기도발'도 가세하여 우리는 모금에 성공하였고, 독일에서 기계가 들어와 수녀님들의 작업은 한결 수월해졌다고 하셨다.
"그럼 그렇지! 하느님은 손해 보실 분이 아니니까!"
나는 아빌라의 데레사 성녀처럼 그렇게 외치며 기뻐하였다.

그러던 어느 날, 수녀님이 상추 한 상자와 함께 또 나타나신 것이다. 이번에는 추기경님의 건강 문제를 걱정하러 오신 것이었다. 추기경님이 근래에 부쩍 기력이 떨어져서 미사 강론이나 강연 때의 음성이 작아져 걱정이 크다고 하셨다. 그렇지 않아도 서울 성체 대회 개회미사 때, "찬미 예수님!" 하고 외친 요한 바오로 2세 교황님의 우렁찬 음성에 비해 한 살 아래인 추기경님의 음성이 하루가 다르게 가라앉아가는 사실을 나 역시 걱정하고 있던 때였다.

"의사가 아닌 우리가 할 수 있는 일이 무엇일까요?"
우리는 또 이마를 맞대었다. 추기경님에게 필요한 것은 '기운', 즉
에너지라는 점에 우리 두 사람의 의견이 일치했다.
"기氣를 넣어드려야 할 텐데…" 하고 생각해보니 마음에 떠오르는 분
이 있었다. 언젠가 다른 수녀님으로부터 소개 받은 여성인데, 신비
한 에너지를 소유한 그 여성의 손이 내 몸 아픈 곳에 닿으면 아픈
증상이 즉시 사라지는 경험을 나 스스로 하고 크게 놀란 적이 있었
다. 그런데 문제는 이 기 치료사 선생이 여성이라는 점이었다.

근엄한 추기경님을 어떻게 설득할 것인가? 그것이 관건이었다. 과
연 우리의 제안을 받아들이실까? 치료사 선생이 여성이라는 사실
을 추기경님이 아신다면, 말할 것도 없이 절대로 받아들이시지 않
으리라. 기 치료사 선생의 능력이 최고도에 달하고 있는 시점이어
서 치료를 받으시면 반드시 효과가 있으리라는 확신은 가지고 있었
지만, 그런 제안을 어떻게 해야 할지 알 수 없었다. 알고 보니 베로
니카 수녀님의 고민도 바로 그것이었다. 꼭 기를 넣어드리고 싶은
데 방법이 막연했던 것이다.

고민을 하던 내가 무릎을 쳤다. 우이동 언덕에 나무가 우거진 그늘

아래에 한여름에도 오후 3시 이후면 시원하게 테니스를 칠 수 있는 작은 테니스장이 하나 있었다. 테니스광들이 명당자리라고 매우 좋아한 곳이어서 신부님 몇 분도 이곳을 즐겨 찾곤 하셨다.

"테니스를 좋아하시니 우이동 테니스장에 모셔서 기를 넣어드리도록 하면 어떨까요? 물론 수녀님이 그 자리에 함께 계셔야지요."

수녀님은 그 방법이 좋겠다고 하셨다.

일은 의외로 순조롭게 진행되었다. 어느 토요일 오후, 비서신부님이 추기경님과 신부님 두 분을 모시고 우이동 테니스장에 오셨다. 집 안에서 테니스복으로 갈아입고 나오시는 추기경님을 막아서며 여쭈었다.

"옆방에 잠깐 들려주셨으면 하는데요."

"왜지?"

눈을 크게 뜨셨다.

"잠깐 드릴 말씀이 있습니다."

우물쭈물 말끝을 흐리며 옆방으로 안내하였다.

방바닥에 매트를 깔아놓고 그 앞에서 수녀님과 기 치료사 선생이 기다리고 있었다. 복병과 같은 두 사람의 출현에 추기경님이 멈칫하셨다.

"추기경님, 잠깐 건강 진단을 해드리려고 합니다. 이분은 이 데레사라는 기 치료사 선생입니다."

수녀님이 기 치료사 선생을 소개하셨다. 그때 추기경님이 지으신 난처한 표정이란…. 지금도 그때를 생각하면 고소苦笑가 번진다.

"엎드리시지요."

기 치료사의 말에는 권위가 있었다. 심성이 착한 추기경님은 하는 수 없이 매트 위에 엎드리셨다. 고집이 센 그분도 이런 때는 순한 양과 같았다. 한쪽 어깨가 바닥에 닿지 않고 들렸다.

"몸이 한쪽으로 치우쳐있으니 한쪽 어깨가 들립니다. 이 자세부터 고쳐야 됩니다."

"내 어깨가 어때서!"

추기경님이 퉁명스럽게 응수하시며 한쪽 어깨를 억지로 바닥에 붙여보려고 하셨지만 마음대로 되지 않는다. 그러고는 옆에서 지켜보고 있는 나에게로 고개를 돌리시더니, "이모●가 괜한 짓을…"라고 나무라시며 혀를 차는 듯한 볼멘소리를 내셨다.

그러나 어쩌랴. 일은 이미 벌어진 것을….

얼마간의 치료를 받고 테니스장에 나오신 추기경님은 왕성한 승부

● 이모: 저자가 사적으로 강우일 주교님의 이모이기에 추기경님과 다른 주교님들도 나를 친근하게 '이모'라고 부르기도 했고, 동생 오현주가 속한 '우리 모임'을 '이모부대'라고 농담 삼아 부르기도 했다.

욕을 보이셨다.

심판 볼 사람이 없어 내가 심판대에 올라가 심판을 보았다. 추기경님의 서브가 아웃이 되면 "아웃!" 하고 외치면,

"아웃 아닌데!"

강한 반발이 돌아온다.

"아이고, 하느님께서 보고 계셔요~" 하면서도, 우리는 추기경님의 목소리가 커진 것만 좋아라했다.

테니스의 달인인 박영식 비서신부님이 추기경님과 한 팀이 되어 자유자재로 게임을 운영하는 모습을 즐겁게 바라보았다. 훗날 추기경님께서 '저녁식사 후 박 신부와 팩게임 완패'라는 제목하에, "비록 노는 게임이지만 완패를 받아들일 줄 모르는 내 자신을 발견했다"라고 일기장에 쓰신 것을 보았다. 언제나 작은 일에서조차 당신 스스로를 돌아보고 반성하시는 추기경님다운 글이었다.

그러나 나는 추기경님의 승부욕을 매우 긍정적으로 보았다. 추기경님 생전에 이루신 그 큰 업적들은 바로 승부욕이 있었기에 가능했을 것이다.

게임이 끝난 후 우리는 개울가로 내려갔다. 식욕이 사라진 지 오래인 추기경님께서 국물이라도 드실 수 있기를 바라며 영계로 삼계탕을 끓였다.

"난, 한 마리 다 못 먹겠는데…."

"영겐데요. 남기시면 저희가 먹지요."

그런데 그 한 마리를 거뜬히 다 드시고 후식까지 드셨다. 기 치료 효과를 즉시 보신 듯하였다. 베로니카 수녀님은 만면에 희색이었고, 추기경님도 즐거워하시는 것 같았다.

그날 이후 추기경님의 강론 음성이 좀 더 또렷해졌음을 우리는 느낄 수 있었다. 확증은 없으나 불면증과 변비증 등 이런저런 사소한 건강상 문제가 계속 있었음에도 불구하고 교구장 자리에서 물러나실 때까지 잘 견디어내신 것은 추기경님 특유의 승부욕과 약간은 기 치료 덕택이었다는 생각을 떨칠 수 없다.

그러나 참으로 아쉽고 아쉽다. 100세 시대가 도래한 오늘, 여기저기에 건강한 100수 노인들이 눈에 띈다. 사회가 어지러운 이때, 김수환 추기경님의 존재가 새삼 아쉽고도 아쉽다. 추기경 집무실 방문을 최대한 삼가느라 그분의 건강 문제에 대해서는 그 이상 관여하지 않았고, 사실 의사가 아니어서 관여할 수도 없었다. 하지만 무슨 수를 쓰더라도, 더 큰 무례를 범하는 한이 있더라도 추기경님의 건강을 100세까지 지켜드렸어야 했었는데 하는 후회와 아쉬움이 남는다.

2018년 1월 24일 오전 11시부터 시작한 호주 오픈 그랜드슬램 대회에서 22세의 정현 선수가 4강에 진출했을 때, 나는 너무나 흥분하고 좋았다. 동양의 젠틀맨 같은 그의 모습이 자랑스럽기까지 했는데, 정현 선수 얼굴의 여드름만 빼면 젊었을 때의 추기경님 모습과 매우 닮았다는 생각이 들었다. 16강전에서는 한때 세계 1위였던 조코비치를 꺾은 후 뒤를 돌아보며 씩 웃는 모습이 어찌 그리도 추기경님의 표정과 닮았는지 하고 감탄했다. 4강에 오르던 날, 정현 선수는 하늘을 향해 두 팔을 뻗어 올리며 손가락으로 V자를 그리는 빅토리 세레머니를 했다. 테니스를 좋아하시고 승부욕에 불타던 추기경님도 하늘나라에서 우리 정현 선수를 지켜보시며, "응. 잘했어! 자네를 보고 의기소침했던 젊은이들이 큰 용기를 얻고 있네. 참 잘했어!" 하시는 것 같았다.

🦅 1959년, 왼쪽부터 강우일 주교의 당대고모인 베로니카 수녀, 강우일 주교의 부
모와 여동생 세 사람

➥ 강우일 주교 부제 서품식 후 왼쪽부터 베로니카 수녀, 아버지, 강우일 신부, 어머니, 두 여동생 강안경과 강안례

XIII
추기경님과 〈향수〉

이처럼 너희도 지금은 근심에 싸여 있다. 그러나 내
가 너희를 다시 보게 되면 너희 마음이 기뻐할 것이
고, 그 기쁨을 아무도 너희에게서 빼앗지 못할 것이다.

_ 요한 복음서 16장 22절

코스모스 필 무렵이면 가슴이 설렌다고 하셨던 로맨티시스트 추
기경님은 페미니스트이기도 했음이 틀림없다. 기회가 있을 때마다
"여성은 남성보다 더 영성적입니다"라고 하시곤 했으니까. 어머님을
존경하고 사랑하셨기 때문인지 여성들에게는 늘 따뜻하게 대하셨
다. 그렇기에 우리는 추기경님께 응석을 부릴 수 있었고, 주파수가
잘 맞던 친정아버님 대하듯 어려운 청을 올릴 수도 있었다.

그러나 응석받이였던 나도 일단 추기경님 앞에 서게 되면 긴장됐다.
긴장이라기보다 아주 작아지는 자신을 느끼며 머리를 조아리게 되
는 것이다. 내로라는 사회 저명인사들도 많이 대해왔고, 대통령 앞

에서도 별로 어려워하거나 주눅이 든 적이 없던 나다. 그런데 추기경님 앞에 서기만 하면 왠지 절로 머리를 조아리게 되는 것이 나로서도 참 신기했다.

'경가회'라는 경기여고 동문 가톨릭 신자 모임이 있다. 어느 때부터인가 동기생 신자들이 각자 동아리를 이루며 모이더니 그 동아리의 수가 늘어났다. 하여 그 동아리들을 한데 모아보니 국내외 신자수가 1,000여 명에 이르는 큰 모임인 '경가회'가 된 것이다. 12월 초에 예정된 경가회의 첫 대림절 피정을 위해 추기경님께 미사 집전을 부탁드리기로 했던 때였다.

워낙 바쁘신 어르신인지라 몇 달 전에 청을 올렸어야 했는데, 사정이 그렇지 못하여 두 달 전에 편지를 띄웠다. 애타게 기다려도 기다려도 답신이 오지 않았다. 그렇다고 다시 여쭐 수도 없고 다른 사제를 모실 수도 없어 노심초사하고 있던 어느 날, 추기경님으로부터 편지가 날아왔다.

✝ 찬미 예수

오덕주 데레사 자매님, 잘 다녀오셨습니까?

10월 초에 보내주신 편지 기쁘게 받았습니다.

하지만 10월이 다간 오늘 11월 1일에 회신을 드려 죄송합니다.

그동안 제가 모스코(모스크바)에도 다녀와야 했고. 제 生活(생활)

이 날로 더욱 바빠집니다.

죽기 전에 보속할 일이 많기 때문인가 봅니다.

말씀하신 경기 40期(기), 年末(연말) 피정을 보다 아름다운 삶을

위해서 하신다니 참으로 좋은 소식입니다.

거기다 우리 가톨릭 大學(대학)을 돕는 뜻도 있어서 더욱 반가

운 일입니다.

그런데 그날 미사는 몇 시인지 모르겠습니다만 –

제가 午後(연후) 3시에 가톨릭 實業人會(실업인회) 송년감사미사

를 드리게 되어있습니다.

이것은 해마다 드린 것입니다.

혹시 피정마감미사가 오전 11시경에 있고 – 미사 드리고 즉시

집으로 돌아올 수 있으면 시간적으로는 가능할 것 같습니다.

아무튼 데레사 자매가 모처럼 청하는 것이니 되도록 생각하

고 있습니다.

부디 먼 여행 잘 다녀오셨기를 – 바랍니다.

1995. 11. 1. 김수환

나의 눈은 '제가'라고 쓰신 곳을 응시하고 있었다. 익을수록 고개를 숙이는 벼이삭 같은 추기경님의 겸손함을 거기서 또 보았다. 사랑하되 함부로 대하지 않으시면서 그분은 그렇게 언제나 자신을 낮추시는 것이 아닌가. 그분 앞에서 내가 작아지는 이유가 바로 거기에 있었다.

늦은 오후 파견미사를 집전해주신 추기경님은 저녁식사도 우리와 함께하시겠다고 하셨다. 회원들이 환성을 올렸다. 식사가 끝날 무렵, 식당에서 즉흥적으로 음악회가 벌어졌다. 후배들이 추기경님께 노래를 불러드리고는, "오빠~ 오빠~"를 외치며 추기경님께 노래를 청했다. 추기경님은 당신의 18번인 〈애모〉를 부르셨다. 이에 화답하여 안경순 후배가 일어나 〈향수〉를 부르기 시작했다. 동기생들이 그녀를 둘러싸고 앉아 "우~ 우~ 우우우 우~" 하며 코러스로 거들었다.

"이 노래 처음 듣는 노래인데!"

추기경님이 매우 좋아하시는 것 같았다. 그 후배의 아름다운 음색도 한몫했을 것이다. 추기경님을 위해 '앙콜~'을 청해 그 노래를 다시 들려드렸다. 그러니까 추기경님께서 〈향수〉를 처음 만난 날이 1995년 12월 9일 저녁, 한남동 성프란치스코 회관이었고, 더군다나 안경순 씨가 부른 〈향수〉였던 것이다.

다음 해의 '경가회' 동아리 모임 '대림피정'에 다시 오신 추기경님께 안 후배는 〈향수〉를 또 불러드렸다. 바쁘신 중에도 우리들의 청을 다시 받아주신 것은 안 후배가 부른 아름다운 〈향수〉 덕이 아닌가 싶다. 추기경님이 〈향수〉를 좋아하시는 모습을 보고 장난꾸러기 기질이 동한 나는 추기경님께 〈향수〉 CD를 사드리면서 누가 이 노래를 먼저 소화하는지 내기를 제안했다. 추기경님도 좋다고 하셨다. 추기경님을 조금이나마 즐겁게 해드리려는 의도였지만, 약속은 약속인지라 이 곡을 외우기 위해 자동차 운전할 때마다 아마도 100번 이상은 틀었을 것이다. 내가 부르기에도 어렵게 느껴진 곡이었다.

이렇게 이어진 '경가회'와의 인연으로 추기경님이 교구에서 은퇴하시기 전, 우리는 한마음 수련원에서 추기경님을 한 번 더 모실 수 있었다. 새 천년을 눈앞에 둔 12월이었다. 익산에 사는 후배가 피정 후 다음과 같은 편지를 보내왔다.

오후 들어 김수환 추기경님을 모시고 드린 파견미사와 강론 말씀은 무딘 제 마음을 찌르시는 귀한 말씀이셨습니다. 천지 창조 이전부터 이미 뽑으셨고 사랑으로 지으셨으며 지금도 사랑하신다는 말씀은 저의 각박한 마음을 찔러 흐르는 눈물 속에서 강론 말씀을 들었습니다.

추기경님께선 암울했던 시대에 한줄기 빛, 희망으로 저희와 함께하셨었지요. 못 뵈온 사이 많이 수척하신 것 같아 마음이 아팠습니다.

'경가회'와는 마지막이 된 이 피정에서 추기경님에 대한 감사와 격려를 담은 작은 초를 준비하여 참석자 각자 손에 들고 밝혔다. 외국 여행 중에 꺼지지 않고 흐르지 않는 초를 발견해 사온 것이다. 미사 후 불을 끈 어두운 방을 100여 명의 회원들이 촛불로 밝혔다. 추기 경님께 〈올드 랭 사인〉을 불러드리면서 눈물지은 동문들이 많았을 것이다.

그러던 어느 날, 제일병원의 이동희 원장부인으로부터 추기경님을 꼭 한 번 뵐 수 있도록 해달라는 부탁이 왔다. 가톨릭신자인 부인과

171

재혼한 후 병원과 본당에서 열정적으로 전교하신 원장님이 폐암 말기 환자가 되어 눕게 된 것이다. KAL기 참사 때는 나를 일부러 불러내어 위로해주신 마음 따뜻한 분이셨다.

추기경님 비서실에 그분의 뜻을 전하고는 처분만을 기다리고 있었으나 좀처럼 회답은 오지 않았다. 그러던 어느 날 원장 부인으로부터 남편이 아주 위독한 상태인데 추기경님 뵙기를 간절히 기다린다는 전화가 또 걸려왔다.
"아~ 이를 어쩌나….''
어찌할 바를 모르고 있는데, 마침 그때 비서실에서 주일 오후 3시경에 시간을 내신다는 전갈이 왔다. 아무리 사소한 청이라도 한 번 들은 청은 저버리지 않으시는 추기경님. 그렇기에 바쁘기 이를 데 없는 추기경님께 사사로운 청을 올리기를 삼가게 되고, 청을 올릴 때는 명분을 심사숙고하게 되는 것이었다.

병실에서 추기경님은 오래 머무셨다. 동행했던 후배와 함께 추기경님을 모시고 무거운 마음으로 병원을 나섰을 때는 이미 저녁시간에 가까웠다. 저녁을 대접해드리고 싶다고 조심스럽게 여쭈었는데, 숙소에 그냥 가겠다고 하셨다.
"방을 예약했으니 저희들과 함께 저녁을 드시고 들어가시면 어떻겠습니까?"

나도 포기하지 않고 또 여쭈었다.

"그럼 그러지."

고집이 셀 때는 무척 세시지만 때로는 뜻밖에 쉽게 고집을 접으시
기도 하셨다.

"많이 못 먹으니까…"

정식을 시키는 것을 보시며 그렇게 말씀하셨다.

"남으면 저희가 먹겠습니다."

그런데 뜻밖에 나오는 접시들을 다 비우셨다. 식욕이 사라진 지 오
래되었다고 하셨지만 밖에서의 별미에 식욕이 동하셨던 것 같아 함
께 가시기를 고집했던 보람을 느끼며 기뻐했다.

식사가 끝난 후 무거웠던 분위기를 전환하기 위해 〈향수〉 이야기를
꺼냈다.

"추기경님, 내기했는데 다 외우셨는지요?"

"아니, 다 못 외웠어요."

"저는 다 외웠는데요."

"그럼 어디 불러봐요!"

승부욕이 강한 추기경님이 그냥 넘어가실 리가 없다. 별 볼 일 없는
목소리지만 열심히 끝까지 불렀다. 이동희 원장님의 마지막 모습이
슬퍼서도 열심히 불렀다.

"나는 바빠서 다 외지 못했는데…" 하고 추기경님이 승복하셨다.

어느 때부터인가 추기경님이 제일 좋아하시던 〈등대지기〉가 둘째로 밀려나고 〈향수〉가 그 자리를 차지하게 됨을 알았다. 〈향수〉에 대해서 잊고 있던 어느 날, ≪그리운 김수환 추기경≫에서 논산 훈련소를 찾은 추기경님이 〈이등병의 편지〉를 멋지게 불러 훈련병들을 열광케 하시고는 돌아오는 차 안에서 〈향수〉 전곡을 끝까지 불렀다는 정응규 신부님의 글을 읽었다. 추기경님이 향수 전곡을 한 자도 틀리지 않고 다 부르셨다기에, "승부욕이 대단하신 추기경님께서 그날은 좀 원통하셨겠지만 결국 열심히 다 외우셨네요" 하며 미소지었다. 천상에서도 추기경님, 제일 좋아하시는 이 노래를 부르시는지 궁금하다.

ᘰ '경가회' 동아리 모임 '대림피정'에서 추기경의 유머에 박장대소

ᘰ '경가회' 동아리 모임 '대림피정'에서 〈향수〉를 만난 추기경

XIV
지옥 가는 추기경

"그러나 나는 너희에게 말한다. 자기 형제에게 성을 내는 자는 누구나 재판에 넘겨질 것이다. 그리고 자기 형제에게 '바보!'라고 하는 자는 최고 의회에 넘겨지고, '멍청이!'라고 하는 자는 불붙는 지옥에 넘겨질 것이다."
_ 마태오 복음서 5장 22절

어느 날 추기경님께서 느닷없이 이렇게 말씀하셨다.

"나는 지옥으로 떨어질 거야."

"아이고~ 추기경님께서 무슨 죄가 그리 커서 지옥으로 떨어지십니까!"

너무나 황당한 이 말씀에 놀라서 나도 이렇게 여쭈었다.

"데레사는 몰라요. 나는 죄가 많아."

추기경님은 잠시 후에 또 이렇게 말씀하셨다.

"내가 요한에게 '바보'라고 했으니 《성경》 말씀대로 지옥에 떨어지지 않겠나?"

"아이고~ 그런 거였네!"

'휴~' 하고 가슴을 쓸어내렸지만 말씀의 여운은 길고 깊었다.

만사에 온유한 태도로 임하시지만 은근히 성격이 급한 추기경님이신지라, 추측컨대 급한 행차 때 앞차를 추월해주었으면 하는데 요한 기사가 추월하지 않았던가, 속도를 내주었으면 할 때 그러지 않았을 때에 요한 기사에게 "바보"라고 하신 것은 아닌지?

가장 가까운 친구에게 '바보'라고 하셨으니! 그래서 "아~ 나는 형제에게 바보라고 하였으니 《성경》 말씀대로 지옥에 떨어질 거야" 하셨던 것인가? 그러나 역설적으로 가장 가까운 사람이니 바보라고 할 수도 있을 터인데….

추기경님께서 어느 인터뷰에서 당신의 가장 친한 친구는 운전기사라고 하신 적이 있다. 그게 그럴 것이 추기경 집무실 비서진은 임기가 끝나면 갈리기도 했지만 운전기사는 긴 세월 동안 한 분이 추기경님을 모셨으니 가장 오랜 동반자요, 친구라고 생각하실 수 있을 것이다.

추기경님도 운전을 하셨더라면 나와 같이 스피드광이 되시지나 않았을까? 강우일 주교님이 추기경님을 태우고 달릴 때를 추기경님이 제일 좋아하셨다고 회상한 바 있기 때문이다. 강 주교님도 차를 빨리 모는 편이다. 우리 형제 모두가 운전대만 잡으면 소위 '가미카제 운전사*와 같이 차를 빨리 몬다고들 한다. 그렇다고 나는 교통 법규를 고의로 어기거나 큰 사고를 내지는 않았지만, 내가 모는 차를 타는 분들이 은근히 겁을 먹는 것을 감지할 수 있었다. 그런데 우리 추기경님만은 그런 상황에서 속이 시원하다고 좋아하셨으니 스피드 코드가 잘 맞았던 것 같다.

유머가 약간 섞인 말투였지만, 추기경님이 요한 기사에게 '바보'라고 하신 것을 후회하고 계신 것만은 확실한 듯했다. 그러나 한편 생각해본다.

'요한에게 바보라고 하신 것쯤으로 지옥으로 떨어진다고 진정 믿으셨을까?'

아닐 것이다. 추기경님은 자신에 대한 성찰을 통해 자신이 도달하고자 하는 경지에 미치지 못함에 대한 콤플렉스를 늘 간직하고 계신 것은 아니었을까? 추기경님이 바쁜 공식 일정 중에서도 시간을 할애하셔서 가난하고 힘들어하는 형제자매들을 우선적으로 배려하며 함께하신 예는 끝없이 많다.

오래전에 이런 일이 있었다. 서울에서 악명이 높았던 '그곳'의 여성들에게 추기경님이 가셔서 함께 미사를 올리고 따뜻한 말씀을 나누

• 가미카제 운전사: 제2차 세계대전 말엽 일본이 만든 '가미카제 특공대'라는 자살비행기 부대의 이름에서 연유하여 일본의 난폭운전 책시기사를 '가미카제 운전사'라고 부르기도 했다.

셨던 것이다. 그랬더니 그 자리는 눈물바다가 되었다. 죄 지은 여성을 용서하신 예수님과 같은 인자한 추기경님의 모습에 사회에서 가장 멸시받고 신음하던 여성들이 목을 놓아 울었던 것이다.

영친왕비 이방자 여사가 돌아가셨을 때 추기경님께서 연미사를 올려주셨다. 이방자 여사는 사회복지에 관심이 지대하여 가톨릭 여성연합회 첫 바자 때도 추기경님과 함께 참여하신 적이 있다. 장애우를 위해 설립한 자혜원도 유명하다. 흥선대원군의 사저였던 운현궁에서 이방자 여사의 친족들이 추기경님께 감사의 뜻을 전하기 위해 모인 자리가 있었다. 추기경님은 이 자리에서도 우정 부엌의 도우미 민 마리아 씨에게 특별한 눈길을 주셨다.

"대원군의 부인도 민 마리아였으니 당신도 친척입니까?"

그렇듯 다정하게 물으시며 둘이서만 사진을 찍어주시는 그 특별한 배려에 감격한 민 마리아 씨는 추기경님과 함께 찍은 사진을 당신의 관에 넣어달라고 그 자리에 있던 나의 후배에게 유언을 했다고 한다.

나의 조카에게서 날아온 편지에도 이런 글이 있었다. 어느 기자 한 분이 추기경님 취재를 위해 큰 모임에 갔었는데, 노인 한 분이 다가와서 추기경님을 꼭 한 번 만나뵙게 해달라고 간절히 부탁하더라는 것이었다. 이 기자는 추기경님께 다가갈 수 있는 기회가 생겼을 때 그 노인의 부탁을 추기경님께 전했다.

"내가 화장실에 가있을 터이니 그리로 오시라고 하세요."

추기경님이 귓속말로 그렇게 말씀하셨다. 기자는 그 노인을 추기경
님이 들어가신 화장실로 안내했고, 추기경님은 좁은 화장실에서 기
자와 함께 그 노인을 만나 축복하여 주셨다. 그날 그 기자가 받은
감동이 얼마나 컸던지! 이메일로 친구에게 이 사실을 알려왔다. 추
기경님이 화장실에서 만난 그 노인은 또 얼마나 큰 감동을 받았겠
는가!

추기경님에 대한 이러한 에피소드들은 추기경이란 높은 자리가 족
쇄가 되어 원하시던 낮은 자리에 갈 수 없음이 추기경님에게 늘 큰
빚이 되고 있었음을 짐작하게 해준다. 그래서 추기경님의 입에서
"나는 죄가 커. 지옥에 갈 거야."라는 말씀이 쉽게 나온 것은 아니었
을까? 추기경님과 같은 분이 그렇게 말씀하실 진데, 아~ 이 부족한
나는 지옥에 곤두박질치며 떨어지는 것은 아닐는지…. 심히 두렵다.

➥ 추기경으로부터 성체를 영접하는 민 마리아

➥ 운현궁 친척들과 나란히 사진을 찍을 때 추기경이 오른쪽에 세우신
민 마리아

XV
미소의 찬양

"이와 같이 너희의 빛이 사람들 앞을 비추어, 그들이 너
희의 착한 행실을 보고 하늘에 계신 너희 아버지를 찬
양하게 하여라." _____ 마태오 복음서 5장 16절

추기경님께서 해거름에 따뜻한 글을 보내셨다. IMF 사태로 나라가
도탄에 빠져있을 때였다. 그렇지! 우리는 슬픔 가운데서도 미소를
잃지 말아야지! 추기경님이 미소 지으실 때는 어린이같이 천진하고
따뜻하고 포근했다. 그러한 인자한 미소가 담긴 글을 새해를 위해
보내주셨다.

✝ 찬미 예수

이제 곧 맞이하는 새해 1999년 성부의 해는 그리스도의 은총
과 평화가 가득하시를 빕니다.

새해를 더 기쁘게 살기 위해 마하트마 간디의 〈미소의 찬양〉
을 소개합니다.

미소의 찬양

미소는 한 푼도 안 든다. 그래도 많은 것이 될 수 있다.

받는 이는 가멸게 해도 주는 이는 가난하게 안 한다.

그대는 그저 잠깐 미소 짓지만 그것을 오래오래 기억하는 이도
있다.

미소 없이도 살 만한 부자 없고 미소도 못 지을 빈자 없다.

집안 화목에는 꼭 있어야 하고 세상살이에도 도움을 준다.

그리고 동무들은 미소로 서로를 알아본다.

고달픈 사람은 미소로 숨을 고르고 풀이 죽은 사람은 기운을 되
찾는다.

집안 화목에는 꼭 있어야 하고 세상살이에도 도움을 준다.

그리고 동무들은 미소로 서로를 알아본다.

고달픈 사람은 미소로 숨을 고르고 풀이 죽은 사람은 기운을 되찾는다.

미소는 돈 주고 살 수 없다. 빌려다 쓸 수도 없다. 그렇다고 훔쳐올 수도 없다.

나누어주고 선사해야만 값어치가 있다.

미소를 잃은 사람을 만나거든 너그러운 마음으로 그대 미소를 전해주어라.

스스로는 더 이상 미소 지을 수 없는 이만큼 미소가 필요한 사람은 없으니….

우리 새해에는 이렇게 서로 미소 지으며 밝게, 기쁘게 사랑을 나누며 살아갑시다.

하늘에 계신 아버지 하느님도 기뻐하실 것입니다.

1998년 12월 30일 저녁 해거름에

김수환 추기경

불가에서도 '무재칠시無財七施'라는, 돈과 재산이 없더라도 남에게 줄 수 있는 일곱 가지 보시를 가르친다. 그중의 첫째가 화안시和顔施라고 했다. 얼굴에 화색을 띠고서 부드럽고 정다운 얼굴로 남을 대하는 미소를 뜻한다.

초심자 때 세종로 성당 사순절 특강시간에 구상 선생님께서 '안시顔施'에 대한 말씀을 하셨다. 화안시와 같은 말씀이었는데, "돈이 한 푼도 들지 않는 보시 중 첫째인 웃는 얼굴" 이라고 하셨다. 그 가르침을 오늘까지 마음속에 깊이 간직하고 있다.

오래전 서울에 처음 오셨을 때의 추기경님을 뵙고 미남이라고 생각한 사람이 있었을까? 서울 대교구 대주교 자리에 이어 추기경 자리에 오른 분에 대해 호기심 어린 기대를 가졌던 사람들, 특히 '신언서판身言書判'이 인물 판단의 보편적 기준이었던 사람들, 그분의 외모에 관심이 많았던 사람들은 그분의 외모에 실망도 했을 것이다.

추기경님을 멀리서 처음 뵀던 자리에서 옆에 서있던 사람이 나에게 속삭였다.
"아니~ '노라쿠로'잖아?!"
'노라쿠로'는 포인터 비슷한 개를 의인화한 만화 주인공인데, 일제 강점기에 인기를 끌어 문방구 어린이용품으로도 잘 팔렸었다. 어

렸을 때 '노라쿠로'가 그려진 지우개도 쓴 적 있기에 잘 기억하는데,
추기경님의 인중이 긴 얼굴이 바로 그 의인화된 개인 노라쿠로를
많이 닮은 것이었다. 연세가 좀 있는 몇 사람이 '노라쿠로'라 하니
동시에 고개를 끄덕였던 기억이 난다. 신자들 사이에서도 추기경님
을 미남이라고 하는 소리는 나오지 않았다. 더욱이 서울에 오신 후,
교회와 사회의 어려운 문제들에 시달리면서 불면증까지 앓고 계셨
으니, 추기경님의 얼굴이 환히 피어날 수 없었던 것도 한몫했을 것
이다.

톨스토이가 미소에 대해 남긴 말이 생각난다.

> 얼굴의 아름다움이란 그 얼굴의 미소에 담겼다고 생각한다.
> 만일 그 미소가 얼굴의 매력을 더해준다면 그 얼굴은 훌륭하
> 다. 만일 그 미소가 얼굴의 모습을 변화시키지 않는다면 그 얼
> 굴은 평범하다. 만일 그 미소가 얼굴을 망친다면 이는 나쁜 얼
> 굴이다.

그런데 이상하게도 연세가 들면서 추기경님의 얼굴은 점점 아름답
게 변했다. 추기경님의 미소가 얼굴의 매력을 더해준 것이다. 내면
의 아름다움에서 우러나는 인자하고 다정한 미소의 추기경님 얼굴
은 어느 미남의 얼굴과도 비교할 수 없을 정도로 아름다웠다. 추기

경님의 미소에는 따뜻한 치유의 향기가 있었다.

미소의 위력을 체험한 바 있는 사람은 알 것이다. 언젠가 나에게도 이런 일이 있었다. 이른 아침 경부고속도로 주유소에 들렀는데, 중년을 넘은 종사자가 자기 앞으로 오라는 손짓을 했다.

"2만 원어치 넣어주세요."

차창을 내리고 그렇게 말을 건넸는데, 그는 그냥 나를 빤히 보고만 서 있는 게 아닌가?

"아저씨, 제 얼굴에 뭐 묻었나요?"

"아…, 그게 아니라요. 이곳에서 오래 일을 했지만 웃으며 말하는 사람은 아주머니가 처음이라 기분이 너무너무 좋아서요."

"헉!"

그분의 기름때 묻은 얼굴에 번진 미소를 나도 오래도록 간직했다.

또 이런 일도 있었다. 타이완의 다이중에서 평신도 주교회의에 홍일점으로 참석했을 때였다. 한국 사제 한 분이 다가오시더니, 이렇게 말씀하셨다.

"데레사 씨는 가만히 서서 미소만 띠우고 계세요."

새벽 7시부터 밤 9시까지 영어로만 진행되는 회의의 고달픔을 나의 미소가 달래주고 있다는 뜻으로 받아들이며 나는 기쁜 마음으로 미소를 지어 보였다.

미소가 인생의 궤도trajectory를 바꿔놓는 경험을 한 사람들도 있을 것이다. 1952년, 고등학교 졸업반 때 일이다. 미국 시카고의 〈헤럴드 트리뷴〉이라는 신문사에서 '세계 고등학교 학생 대회'에 한국 학생을 처음 초대했던 때였다. 대표 선발 시험에 최종적으로 여섯 사람이 뽑혔다. 그중 하나였던 나는 인터뷰장에 들어갔다가 완전히 얼어버렸다. 당대 UN 대표로 활약하던 이화여자대학교 김활란 총장, 연세대학교 총장이셨고 당시 문교부장관인 백낙준 박사, 그리고 한국 UNKRA 교육부 대표 토머스 베너 박사가 시험관으로 나란히 앉아계시는 것이 아닌가.

최종 인터뷰 시험의 결과로, 춘원 선생 따님인 이정화 양이 대표로 뽑혔다.
"휴~" 하고 안도의 숨을 내리쉬고 있는 나에게 다음 날 '미국 유학'이라는 참으로 뜻밖의 소식이 날아왔다. 전혀 기대하지 않았던 행운이었다. 시험관이셨던 베너 박사가 모교 교장선생님을 찾아오셔서, "그 '미소의 소녀'가 어디 있소?"라며 나를 찾으신 것이다. 인터뷰장에서 초긴장을 하던 중 나도 모르게 미소 짓고 있던 나는, 18세 나이가 되던 해에 꿈도 꾸지 않던 '전액장학생'이라는 신분으로 미국 유학길에 올랐다. 순전히 미소의 덕택이란 생각이 든다.
미국 땅을 처음 밟았을 때도 가장 인상 깊게 느꼈던 것은, 일반적으로 미국 사람들이 사람을 처음 대할 때 미소로 대한다는 사실이었다.

'1999년 성부의 해'로부터 20년 세월이 흘렀다. 추기경님의 글을 다시 읽으며 미소의 위력을 새삼 곱씹어보게 된다.

미소로 가득한 세상에 다툼이 있을 수 있을까? 미소를 지으며 핵무기를 날릴 수 있을까? 아마도 불가능할 것이다. 악마의 미소라면 모를까…. 평화를 갈망하는 오늘, 모든 이가 따뜻하게 미소 짓는 세상을 꿈꾸면서 새삼 추기경님의 따뜻했던 미소가 그리워진다.

1951년, 〈헤럴드 트리뷴〉세계 고등학교 학생 대회 대표 선발 시험의 최종 6인. 맨 왼쪽이 저자, 오른쪽으로부터 세 번째가 이정화. 맨 오른쪽이 백낙준 박사

🕊 1955년, 일리노이 주립대학교에서 홈커밍 퀸으로 뽑혔을 때의 자동차 퍼레이드

🕊 1955년, 일리노이 주립대학교에서 홈커밍 축제 때 미스 일리노이로 뽑힌 뒤 화관
을 쓴 저자. 트로피를 앞에 두고⋯. 기숙사에서 　　　　　　　　　　　(출처: AP통신)

 어린이와 함께 달리며, 어린아이같이 활짝 웃는 추기경의 모습. (저자가 제일 좋아

하는 추기경님 사진)

추기경의 아름다운 미소

XVI
'개판' 유머

> "너희 가운데에서 첫째가 되려는 이는 모든 이의
> 종이 되어야 한다." _ 마르코 복음서 10장 44절

"추기경님은 여러 나라 말을 구사하신다는데, 몇 개 국어를 하시는
지요?"

어느 기자가 대충 그런 내용의 질문을 했을 때였다.

"일본말, 독일말, 영어, 그리고 또 하나 있는데…."

모두가 무엇일까 하고 추기경님의 입만 쳐다보고 있을 때였다.

"거짓말!"

박장대소, 그야말로 폭소가 터졌던 것을 기억한다. 그분의 여러 상
황에 대처하는 능력, 특히 유머로 분위기를 돌연 새롭게 했던 솜씨
에 다시 한 번 감탄했던 기억이 새롭다.

유머에도 여러 가지 성격이 있겠지만, 그중에서도 추기경님을 언제나 근엄하고 존귀한 존재로 여겨 경이원지敬而遠之했던 분들이 지레가졌던 경직된 분위기를, 일순간의 한 마디 유머로 역전시키고, 즐겁고 유쾌한 분위기로 만드시는 '반전 유머의 달인'이셨다. 추기경님의 말과 글 솜씨는 타고난 DNA 덕도 있겠지만 신학생 시절의 어학교육 덕도 있을 것이다. 모든 미사를 라틴어로 올리던 시절의 신학교에서는 라틴어 점수가 나쁘면 퇴학을 당할 정도로 어학교육이 엄격했다고 한다. 거기에다 영어, 독일어, 프랑스어 등도 공부해야 했으니 당대 사제들의 대단한 언어 실력을 짐작할 수 있다. 그러나 타고난 말솜씨에 더한 추기경님의 유머는 지도자의 자격을 더욱 빛나게 한다.

요한 바오로 2세 성하께서 교황으로 선출되던 콘클라베(교황 선출)가 바티칸에서 열렸을 때, 우연히 우리와 한자리에 계시던 박귀훈 신부님께 이렇게 물었다.

"신부님, 바티칸에서 교황 선출이 있을 때마다 'Cardinal Stephen Kim for Pope!(김수환 추기경을 교황으로!)'라고 쓴 피켓을 들고 일인 시위를 하는 미국 신부님이 계신다는 데요?"

"강론만으로만 본다면 교황이 되시고도 남지요."

박 신부님의 대답은 진지하였다. 나직이 시작하는 추기경님의 강론은 점점 고조되면서 언제나 감동적으로 맺어졌다. 가끔 튀어나오는 그분 특유의 유머가 강론을 더욱 흥미롭게 해주지 않았던가.

만일 미국 신부님의 일인 시위가 들풀에 번지는 횃불처럼 효력을 발해 김수환 추기경님께서 교황이 되셨다면 바티칸에 모인 근엄한 추기경님들에게 당신 특유의 유머로 언제나 웃음꽃을 피울 수 있었을 텐데 하고 생각하니 이상하게, 바티칸 성 베드로 사원의 천장이 한바탕 웃음으로 흔들리는 것 같은 통쾌함을 느낀다. 꿈과 같은 이야기지만 누구에게나 꿈을 꿀 수 있는 자유는 있으니….

양의 해였던 어느 해의 일이다.
"이 나라가 적화통일이 되면 사제와 수도자가 제일 먼저 희생할 각오를 해야 할 것이다"라는 내용의 정진석 추기경님의 말씀이 있었다. 그 말씀에 이어 추기경님께서는 예년의 유머러스한 덕담과는 달리, "그런 날이 오면 수도자가 희생양이 되는 시간이 올 것이다"라고 하셨다.
그날은 아무도 웃지 않았다. 그해에는 언제나 하시던 유머가 없었다. 왜 그랬을까?

지금으로부터 25년 전, 그해는 무술년 개의 해였다. 신년하례인사를 위해 모인 교구 사제들과 교회 인사들이 "금년은 또 무슨 덕담을 하시려나?" 하고 추기경님 입만 바라보고 있는데, 추기경님의 말씀은 이러했다.

"금년은 개의 해니… '개판'이 되겠네요."

모두가 "와~" 하고 연초부터 크게 웃음보를 터트렸다. 추기경님도 개띠고 나도 개띠다. 그래서 우리는 개띠 코드가 더러는 잘 맞았는지 모른다. 양 떼를 지키는 개. 그렇다. 추기경님은 바로 우리들 양 떼를 사랑으로 지켜주신 양몰이 개셨다.

미소가 필요한 만큼이나 어려운 상황일수록 유연한 유머로 위기를 넘기는 여유가 사회 어디서나 필요한 오늘날이다. 그렇게 구수한 웃음을 선사하시던 분이 이제는 우리 곁에 안 계시지만, 우리사회가 유머가 넘치는 여유로운 마음의 아름다운 삶의 공동체가 될 수 있도록 개띠 추기경님께서 하늘나라에서 우리를 위해 빌어주시기를 바라는 마음이 오늘, 유난히 간절하다.

XVII
고통은 왜
미스 코리아 오현주

이제 나는 여러분을 위하여 고난을 겪으며 기뻐합니
다. 그리스도의 환난에서 모자란 부분을 내가 이렇게
그분의 몸인 교회를 위하여 내 육신으로 채우고 있습
니다.

_콜로새서 1장 24절

나에게 아주 유명한 동생이 있었다. 한국인으로는 최초로 미스 유니
버스 대회 최종 5인에 선발되어 한국 신문들이 대서특필한 미스 코
리아 동생이다. 한국에서뿐만 아니라 미국에서도 이 대회의 네 개 부
문 상 중 세 개를 휩쓸며 한국발 회오리바람을 일으킨 동생이다. 그
러니까 지금의 K팝 아이돌의 원조라고나 할까. 동생을 만나려고 갔
던 롱비치 숙소에서 출입증 없이는 들어갈 수 없다고 하던 문지기가
미스 코리아의 언니라고 했더니 통과시켜줄 정도로 인기가 높았다.

"클레오파트라의 코가 1센티만 높았더라면 역사는 어떻게 바뀌었을
까" 하는 파스칼의 방식으로 만약 내동생 오현주의 키가 162센티

미터에서 5센티미터만 더 컸더라면 미스 유니버스는 문제없었으리라고, 아니 '따놓은 당상'이었으리라고 믿어 의심치 않을 정도로 동생의 인기는 정말 높았다. 키가 큰 세계 미인들 모임에서는 키가 작은 편이었지만, 〈로마의 휴일〉 이후 인기 절정이던 오드리 헵번을 닮은 청순하고 해맑은 미소와 적시적소適時適所에서 유머를 발휘하는 말솜씨와 그녀의 지성에 미국인들은 열광했다.

1959년 8월, 미국 캘리포니아 주 롱비치에서의 미스 유니버스 대회가 끝나기가 무섭게 할리우드가 당대의 스타인 윌리엄 홀든이 주연을 맡은 〈월드 오브 수지 윙〉의 여주인공 역으로 동생에게 캐스팅 제안을 하였다. 그리고 스크린 테스트를 하자고 했다. 스크린 테스트를 위해 떠나는 동생 뒤를 나와 샤프롱chaperon 노명자(노라노) 여사가 따라나섰다.

우리는 배우 안필립(독립운동가 안창호 선생 자제) 씨가 모는 선더버드를 타고 할리우드 경내를 한 바퀴 돌았고, 스크린 테스트를 받는 동생의 모습도 옆방에서 지켜보았다. 글렌 포드와 찰스 브론슨 같은 당대 유명 배우들도 거기서 만났다. 브론슨은 그 특유의 쓴 얼굴로, "저기가 내일 내가 총에 맞아 죽는 장소"라며 큰 바위 하나를 가리켰다. 〈로마의 휴일〉의 남주인공 배우 그레고리 펙은 현주의 팬이 된 부인의 부탁이라며 현주의 사인을 받아가기도 했다.

동생의 인기는 귀국 후 한국에서도 대단했다. 한 번은 택시기사가 동생의 아파트 문을 두드렸다. 그 사람은 택시에 두고 내린 백 속의 신분증을 보고는 미스 코리아 오현주 모습을 한 번 보고 싶어 찾아 왔노라고 했다. 건망증이 심한 그녀는 가끔 지갑을 잃어버렸는데, 그럴 때마다 사람들이 그녀 집에 보내주었다고 했다. 외딴 곳에 있는 수녀원을 찾아갔더니 나에게 미스 코리아 오현주의 언니가 왔다며 기뻐해주시는가 하면, 신부님들 중에도 미스 코리아의 언니라며 반겨주는 분들이 계셨다.

그러나 동생과 우리 가족 모두는 '미스 코리아'가 안겨준 인기에 연연하지 않았다. 동생의 미스 유니버스 대회 출진은 우연히도 다재다능하고 아름다웠던 그녀를 알아보고 세계에 한국 여성을 제대로 보여주고 싶었던 노라노 여사의 야심찬 역작이었다. 노라노 여사의 탁월한 안목이 정확히 적중한 것이었다. 6.25 전쟁으로 가난하고 피폐한 나라라는 한국의 이미지를 한 한국 여성의 아름다움으로 바꿔 놓는 계기를 마련한 것으로 가족 모두는 만족했다.

2년에 걸친 끈질긴 할리우드의 영화 출연 권유를 마다한 동생은, 미국 애들피Adelphi 대학교에서 연극 연출을 전공한 후 1960년대 후반에 귀국했다. 이후 동랑레퍼토리 극단 및 당시 어려움을 겪고 있던 드라마센터(서울예술전문학교)와 그곳의 소장이던 극작가 동랑 유치진 선생을 도와 센터를 확립하며 서울예술전문학교 후학 양성에 보수 없이 오래 봉사했다. 친정 아버님의 목마친구 유치진 선생이 도움이 필요하였던 때였다.

가톨릭 신자가 된 후로는 동생 특유의 열정으로 베르나데트라는 본명에 걸맞은 신앙 생활을 하였다. 세상 사람들이 흔히 생각하는 미스 코리아의 모습과는 한참 먼 모습으로, 해가 갈수록 영성의 깊이를 더해가며 수도자의 검소함을 닮더니, 못내 청빈에 가까운 생활을 했다. 온유하고 자비로웠으나 정의감이 강했고, 어려운 이웃을 위해서는 발 벗고 나서던 동생은 '성서 100주간'에도 심혈을 기울여 봉사하였다.

그러던 동생에게 사소한 자동차 사고가 일어나기 시작했다. 가족은 나이 탓이려니 하다가 사고의 빈도가 높아지면서 걱정하기 시작했다. 아무도 몰랐다. 상상도 하지 못했다. 발레리나이면서 농구선수이기도 했던 동생의 남다른 운동신경에 비상신호가 온 것이다. 자주 넘어지는 시기에는 성격에도 변화가 보였다. 이유도 없이 시름시름 앓던 동생은 완전히 몸져 누워버렸고, 말도 할 수 없게 되어 글로 대화를 이어갔다. 마침내는 그 해맑은 눈동자의 초점이 흐려지고, 어쩌다가 정신이 돌아올 때도 대화는 전혀 할 수 없게 되고야 말았다.

가족과 주위 사람들의 억장이 무너졌다. 동생과 함께 보던 푸른 하늘은 먹구름으로 덮이고, 새소리마저 울음소리로만 들렸다. 사계절 내내 슬프기만 하였다. 두 번이나 깨진 어깨를 수술할 때도 아픔을 호소하지 못하는 힘겨운 침묵, 그 침묵 속에 갇혀있는 영혼을 생각하니 나의 마음속에 깊은 실존주의적 광풍이 다시 일기 시작했다. 허무가 엄습하고 고통스런 물음이 나를 밤낮으로 괴롭혔다. 이런 고통은 왜, 왜, 왜 일어났을까?

나에게 견디기 어려운 허리통증이 진통제로 좀 가라앉은 날 밤, 베개가 흠뻑 젖도록 울었다. 고통 중에 앞서간 사랑하는 사람들, 또 세상에서 고통 받고 있는 많은 사람들, 그리고 예수님이 십자가에 못 박히실 때까지의 말 할 수 없던 그 고통을 생각하며 울면서도, 분명 고통의 순간에도 하느님께서 함께하여 주셨음을 믿으며 눈물을 거두었다. 그런데 인간의 존엄과 갇힌 영혼에 대해 새롭게 고개를 드는 이 '선택이 없고 해답도 없는', '이런 고통은 왜?'라는 물음을 반복할 때면 벽에다 대고 머리를 찍고 싶었다.

송봉모 신부님의 ≪고통 그 인간적인 것≫에서, "고통 중에도 선택의 여지는 있다. 인간으로서의 존엄성을 보증할 수 있는 선택의 여지"라는 글을 읽으며 고개를 크게 끄덕였지만, 아마, 선택의 여지가 없는 이 상황을 어찌 하리! 아우슈비츠에서 살아 나온 유대계 오스트리아인 심리학자 빅터 프랭클도 그의 명저 『죽음의 수용소』에서 "우리가 인생의 어떤 험한 처지에 있다 해도 삶의 의미를 찾을 수만 있다면 살아갈 힘을 갖는다"라고 했지만, 이런 상황에서 당사자가 삶의 의미를 찾는다는 것 자체가 황당하게 느껴졌다. 고통으로 나의 마음이 산산이 깨질 때마다 하느님의 자비를 믿으며 일어섰건만, 이번에는 이 조각난 마음마저 회의의 광풍에 휘날려버렸다.

"추기경님, 이런 환자에게 인간으로서의 존엄이 무슨 의미를 갖는 것입니까? 이들의 영혼은 어디에 갇혀있는 것입니까?!!"
너무나 답답하여 추기경님을 찾아뵙던 날, 그렇게 대들듯 여쭈었다.
솔직히 말하자면 그렇게 하느님께 대들고 싶었다.
"나도 모르겠어."
힘없이 대답하시는 추기경님은 나의 눈을 직시하시지도 않으셨다.

동생이 우리 곁을 떠나기 전, 나는 누워있는 동생 옆에서 〈내 고향으로 날 보내주〉를 개사하여 이별의 노래를 불렀다.

> 내 천주 위하여 땀 흘려가며
> 이 넓은 세상을 두루 다녔네.
> 이 세상 부귀와 영화보다
> 주님과 함께함이 기쁨이었네.

상전인 주님을 위해 땀 흘려가며 많은 열매를 거둬들이던 동생은 이제 추기경님과 이웃하는 가까운 곳에 잠들어있다. 아름다웠던 춤사위, 날렵했던 운동선수의 모습, 롱비치에서의 관중의 환호, 화려했던 할리우드와 로즈볼의 퍼레이드…. 이 모든 영화는 한여름 밤의 꿈이 되고, 이 나라 국민이 환호하던 그 모습은 많은 아쉬움과 사랑을 뒤로 하고서 한 줌의 재가 되어 용인 땅에 묻혔다.

동생이 운명하던 날 친구들도 마음을 모아 기도를 올려주었다.

† 마음의 꽃길을 위한 기도
사랑하는 친구 현주가 하느님 대전에 불려가는 이 마지막 날, 저희들 기도로써 베르나데트가 영원한 안식을 누릴 수 있도록 마음의 꽃길을 펼쳐주고 싶습니다.
사랑이시고 자비로우신 주님, 제일 좋은 시절 성모성월에 현주 베르나데트가 당신 품으로 떠나갑니다.
이 시간 잠시, 학창 시절을 뒤돌아보렵니다.

발레리나로 아름답고 아련한 백조의 호수의 춤으로 전교생을 황홀케 하였습니다.

농구선수로 마닐라 원정, 학교 대항 시합에서 커다란 활약으로 한때 농구 제일의 학교로 명성을 떨치게 하였습니다.

합창 대회 시 지휘자로서의 열성은 지금도 쩡하게 저희들 마음에 다가옵니다.

연습 후 늦게 귀가 시 맨홀에 빠져 아파하던 그때 그 일들….

미국 유학 후 귀국하여 연극 연출로 후학 지도에도 정열을 쏟던 그녀의 모습들입니다.

1959년 세계 미인 대회에서는 스피치Speech상, 인기상, 포토제닉Photogenic상 등 삼관여왕으로 대한민국의 위상을 높이 널리 올려놓았던 기억들을 되새겨봅니다.

다정다감하시고 인자하신 요셉 성인과 같으신 남편의 사랑을 듬뿍 받으면서 남수·관수·유정이의 효도, 손자·손녀들의 재롱 등 많은 당신의 축복을 누리며 살았던 현주 베르나데트입니다.

복된 여인이라 부르렵니다.

수년간의 병고 중에도 주위의 많은 분들의 관심과 사랑안에서 기도로 살아갔습니다.

쾌적한 환경에서 가족들의 지극 정성 속에서 성호를 그으려
면 힘들게 힘들게 손을 이마에 올리던 그녀의 모습도 영원히
간직될 것입니다.

좋으신 주님,
사랑하는 친구 현주, 우리 모두의 선망의 대상이었던 베르나
데트, 모든 일에 선구자적 대열에서 살았던 그녀입니다.

의식이 누구보다 앞섰고 행동으로 삶으로 실천하는 사랑의
길을 누비며 살았던 그녀입니다.
격려와 위로의 따스한 내용의 편지, 엽서, 아름다운 생명의
말씀 카드, 헤아릴 수 없이 많은 좋은 책들….
그녀에게서 받고서 감격하던 친구들도 지금 여기에 많이 있
습니다.
동창수녀님의 말씀인 '세상에서 어떠한 일에도 앞장서더니 하
느님 앞에 나가는 일도 선두로 깃발을 꽂으려고 한다.'

자비의 하느님,
50보 100보 차이로 당신 앞으로 불려갈 저희를 굽어살피시어 자

비를 베풀어주옵소서.

현주 베르나데트의 마지막 가는 길이 꽃길이 되게 하옵소서.

나 또한 동생의 때이른 죽음 앞에 한편의 시를 올렸다.

† 피에타의 슬픔을 안고 언니가

기다리는 님 계셨던가.

서둘러 떠나신 고운 아우님.

귀천 길 뿌려주던 아카시아 꽃잎이

하얀 눈물 되어 마당에 흩날린다.

어디선가 검은 나비 한 마리

하늘하늘 날아와서 나에게 속삭인다.

고운님 꽃길 밟고 잘 가셨노라고.

고운님 꽃길 밟고 잘 가셨노라고.

동생의 기일을 지내던 어느 날, 동생의 둘째 아들로부터 다음과 같은 메일을 받았다.

어머니의 병세로 힘든 시간과 이러한 먹구름 사이로 비추는 해와 같은 짧은 시간들을 보내면서 저도 이모님과 같이 "치매인간에게 존엄이 무엇인가? 영혼이란 무엇인가?" 하는 질문을 수없이 했습니다. 아마도 이 세상에 사는 동안에 해답을 얻을 수는 없을 듯합니다.

다만 고통 받고 있는 어머니를 보면서 육신의 무게에 눌려있을지라도 분명히 존재하는 영혼을 느꼈던 것 같습니다. 마치 무거운 갑옷을 입고 넘어져 일어나지 못하는 육신이 못 움직일 망정 영혼은 분명히 존재하며, 빈껍데기 갑옷은 육신이 아니듯 어머니의 영혼은 망가진 육체의 무게에 짓눌려있었을지 모르나 육신에서 벗어난 영혼은 하늘에서 자유롭고 충만한 존재로 있을 것이라 희망합니다.

추기경님과는 그 후 나의 조카의 이메일 내용에 대해 이야기를 나눌 기회를 갖지 못하여 아쉬움이 남는다. 그러나 추기경님께서는 나에게 보내주실 확실한 해답을 하늘나라에서 얻으셨으리라 믿고 있다.

미스 코리아 오현주와 가족. 왼쪽부터 큰언니(오숙주), 나의 시어머니(강정순), 어머니(박점출), 첫째 고모(오귀란), 사촌언니(정경숙), 셋째 고모(오필란), 아버지(오위영), 남동생(오호근) 그리고 오현주 오른쪽의 어린이는 조카(강안례)

🕊 미스 유니버스 대회 퍼레이드에서

🐦 아리랑드레스(개량한복)를 처음 선보인 1959년의 미스 유니버스 대회

롱비치 주민들이 주는 인기상을 받는 장면.
스피치상과 친절상도 받음

Three Popular Sisters From Distant Korea

Associated Press Photo
Named Miss Popularity in Miss Universe contest at Long Beach, Calif., Hyon Choo O
(center) Korean representative, poses with her sisters. Left, Mrs. Duck Choo Kim, gradu

오현주가 유명해진 덕에 두 자매까지 인터뷰 기사 사진에 올랐다. 왼쪽 맨 끝
부터 저자, 오현주, 오정주

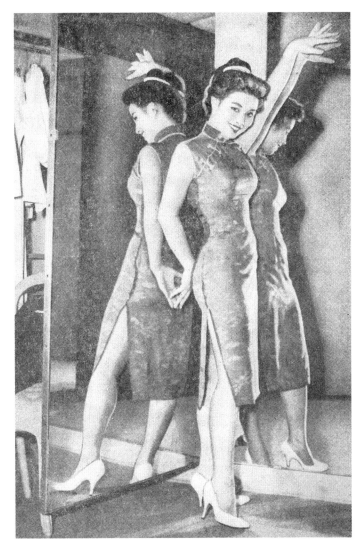

🐦 〈월드 오브 수지 웡〉의 여주인공 역을 위한 할리우드 스튜디오에서의 스크린 테스트 장면

🕊 미국 상원 지도신부 헤리스 신부와 함께. 워싱턴 D.C.의 미국 상원에서

'미국의 소리(Voice of America)' 방송에서 현주와 나란히

🕊 '미국의 소리' 방송의 한국인 스태프 (뒤에 서신 분이 황재경 목사, 오른쪽은 어머니)

🕊 미스 코리아 오현주와 영국 발레리나 마고 폰테인. 세종문화회관 개관시.

THE MEMOIRS OF A CARDINAL

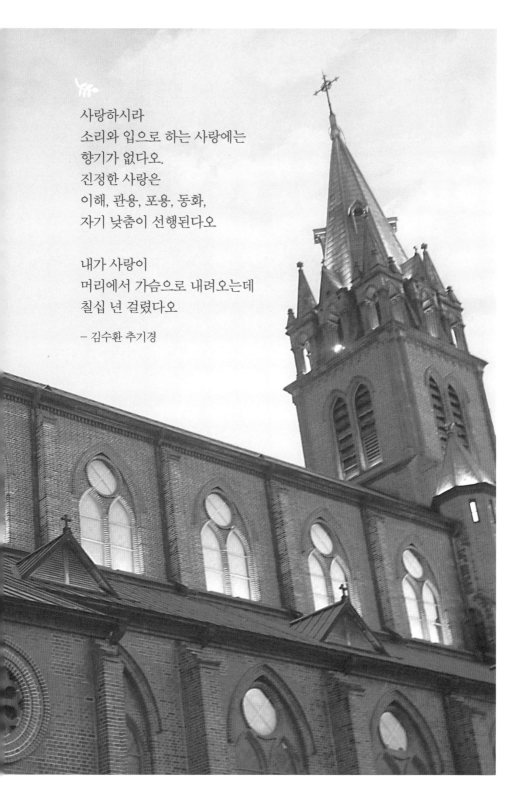

사랑하시라
소리와 입으로 하는 사랑에는
향기가 없다오.
진정한 사랑은
이해, 관용, 포용, 동화,
자기 낮춤이 선행된다오

내가 사랑이
머리에서 가슴으로 내려오는데
칠십 년 걸렸다오

– 김수환 추기경

XVIII

겸손의 원형

"사실 사람의 아들은 섬김을 받으러 온 것이 아니라
섬기러 왔고, 또 많은 이들의 몸값으로 자기 목숨을
바치러 왔다." _마르코 복음서 10장 45절

'경가회'는 첫 대림절 피정을 김수환 추기경님을 모시고 시작했었다. 그로부터 5년 동안 두 번 더 대림절 피정에 모시는 행운이 있었다. 전국에서 추기경님을 모시려는 청이 쇄도하고 있다는 사실을 잘 알고 있었기에 미안한 마음에 또 다시 청을 드리기를 주저주저하고 있다가 용기를 내어 세 번째 청을 올렸다.

경가회 회원들은 환호하였고, 피정이 끝날 무렵 막내 후배가 대표로 추기경님께 100송이 장미꽃다발을 안겨드렸다. 꽃시장에서 손수 고른 주케토[•]와 같은 진홍색의 100송이 장미꽃은 그날의 경가회

● 주케토Zucchetto: 추기경의 머리에 얹는 진홍색 둥근 모자. 이탈리아어로 '작은 바가지'라는 뜻이다.

회원 100명이 바치는 사랑의 마음이었다.

미사가 끝나자 마이크를 잡았다.
"추기경님의 가장 큰 덕목은 겸손입니다. 겸손은 진정 우리가 추기
경님에게서 배워야 하는 덕목입니다!"
뜬금없이 한 나의 말에 후배들은 어리둥절했을지도 모르겠다. 아마
도 추기경님과는 마지막 피정이 될 그 자리에서 그간 추기경님으로
부터 배우고 깨달은 겸손을 후배들에게 전하고 싶었던 나의 마음이
그곳에서 분출한 것이다. 훗날 추기경님을 교구에서 가깝게 모시던
정일우 신부님과 송광섭 신부님도 그분의 영성은 '겸손'이라고 하
신 글을 읽었을 때는 참으로 기뻤다.

내가 즐기는 프랑스 시 하나가 있다.

> 내가 사과 세 개를 포개놓은 듯 아주 작은 꼬마일 때
> 나는 말했다. 나는 안다, 안다, 안다. 라고.
> ⋮
> 이제 내 나이 60. 내가 아는 것은 아무것도 모른다는 것뿐.

제목이 〈아주 작은 꼬마일 때 haut comme trois pommes〉인 이 시에서 사과
를 세 개 포개놓은 키의 꼬마가 바로 나였다. 다 안다고 외치는 귀

엽지만 오만한 모습은 바로 나의 어릴 때 모습이다. 80 고개를 넘기면서, '내가 아는 것은 아무것도 모른다는 것뿐'이라는 느낌이 더욱 강해지니, 이제야 겨우 겸손의 언저리에라도 도달한 것은 아닌가 싶다. 만일 그렇다면 그나마 참으로 다행인 일이다.

미국에서 대학 시절을 보내면서 내가 가진 지식의 빈곤함 때문에 초라해진 자신을 보았다. '그노티 세아우톤Gnothi Seauton(너 자신을 알라/너 자신의 무지를 알라)'이라는 소크라테스의 가르침 때문이 아니더라도 배움터에서 배울수록 자신의 무지가 한심했다. 그러다가 가톨릭교회에 몸담은 후, 김수환 추기경님 앞에서 깊이 고개 숙이게 되었을 때가 참된 겸손을 깨닫게 된 시점이었다. 그리고 겸손이야말로 지혜의 어머니임을 깨달은 것이다.

인간이 가질 수 있는 덕목 중에 가장 소중한 덕목이 겸손이라면, 그리고 지도자에게 가장 필요한 덕목이 겸손이라면, 그런 의미에서 내가 겸손을 으뜸으로 가르치는 가톨릭교회의 신자가 된 것은 큰 행운이 아닐 수 없다. 교회 성인들의 공통점도 겸손한 마음가짐이었다. 훌륭한 교부님으로부터 배운 이 겸손은 비굴함을 뜻하지 않으며, 불의와의 타협을 뜻하지도 않았다. 적당주의는 더더욱 아니었다.

어느 날 〈조선일보〉의 '조용헌 살롱'이라는 칼럼에 ≪주역≫에 대한 아래와 같은 글이 실렸다.

"이는 땅 밑에서 산이 자리 잡은 형상으로 산이 땅 위에 우뚝 솟아있는 게 아니라 땅 밑에 자리 잡고 있는 형상을 동양에서는 겸손의 원형으로 생각한다."

《주역》에 대해서는 문외한인 나지만 이 글에 나온, '겸손의 원형인 땅 밑의 산'이란 표현을 두고 생각해보니 김수환 추기경님이 떠올랐다. 땅 밑에 숨겨진 우뚝 솟은 산이 바로 그분의 모습이었다.

일찍이 주교는 산이며 추기경은 태산이라는 생각을 했기에, 땅 밑의 태산은 더욱 더 큰 겸손을 뜻하는 듯했다. 그분과 교회에서 함께한 세월 동안 그분을 바라보며 느낀 바가 바로 이 땅 밑의 산과 같은 겸손이었다. 추기경님의 삶의 현장을 접할 때마다 배운 바가 참으로 컸던 나는 그러한 겸손의 경지에 가까워지려고 나름으로는 꾸준히 노력했다고 생각한다. 그래도 이제 내 삶의 시간은 얼마 남지 않았는데 갈 길은 아직도 요원하기만하다.

XIX
'추기경의 눈물'

예수님께서 예루살렘에 가까이 이르시어 그 도성을
보고 우시며   _ 루카 복음서 19장 41절

2005년 12월, 세상을 시끄럽게 할 '황우석 교수 사태'[•]가 터졌다.
"황우석 교수 사태를 어떻게 수습해야 할까요?"라는 기자의 질문에
추기경님께서 "어찌 이런 일이…" 하시며 고개를 숙인 채 3분 정도
눈물을 흘리시는 모습을 담은 사진이 신문에 크게 실렸다.

그렇지 않아도 이 나라를 위해 가슴 아파해오신 추기경님은 사회를
흔들어놓은 황우석 교수 사태가 터지면서 드디어 눈물을 쏟으신 것
이다. 큰 사건이 터지면 신문들은 가속을 받아 인민재판하듯 마구

• 황우석 교수 사태: 2005년 서울대학교 교수 황우석 박사의 논문에 대한 의혹이 일어나면서 논
  문의 일부가 조작임이 드러난 사건이다.

몰아붙이기 일쑤인데, 이때도 황우석 교수에 대한 기사는 우리 국민들을 가차 없이 극심한 경악, 자괴, 그리고 혼란에 빠트린 것이다.

"이는 우리 모두의 문제입니다."
추기경님은 이렇게 말씀하시며 우리 모두가 더욱 우직하며 정직하게 살아가는 것이 최선의 치유책이라고 하셨다. 그러면서 감정이 북받쳐서 두 번이나 말씀을 끊고 눈물을 흘리셨다. 우리는 추기경님의 나라 사랑의 눈물 앞에 황망하면서도 숙연했다.

1970년대 말 명동 대성당에서 아버지의 장례미사를 올릴 때였다. 제대 옆 한쪽에 위치한 장궤틀에 추기경님이 무릎을 꿇으신 모습에 다시 한 번 놀라며 깊이깊이 고마워했다.
이 나라가 가난에서 헤어나게 할 여러 가지 궁리를 하시던 아버지…. 중산층이 굳건해야 민주주의도 가능하다고 하시던 분, 그러나 군사혁명으로 인해 당신의 소신이 무참히 꺾여버린 아버지. 없는 허물을 뒤집어쓴 채 바둑판을 벗 삼아 그 억울함을 묵묵히 삭이고 참고 용서하며 지내신 분. 그런 아버지의 무념無念의 심정을 추기경님께서 헤아려주신 것이었다.

15년 전의 추기경님의 예언적 말씀들이 다시 귓가를 때린다. 누구보다도 인권과 인간의 존엄성을 강조하시던 추기경님이 아니셨던

가. 한반도의 평화라는 문제도 어디까지나 그 테두리 안에서 이루어지기를 원하시면서 국내에서 일어나는 갈등에 대해서 무척 마음 아파하시던 분이셨다.

추기경님의 '한계'를 운운하는 사람들은 그분이 그 한계를 지키기 위해 고뇌와 번민의 밤을 어떻게 지새우셨는지를 헤아려보았을까? 추기경님이 자주 하시던 말씀을 기억하는가?
"이는 아무에게도 도움이 안 됩니다!"
이를 알아듣지 못한 사람들은 이를 추기경님의 한계라고 했다.
'아무에게도 도움이 안 되는 일'보다는 '모두에게 도움이 되는 일'을 모색해야 한다고 강조하신 분이셨다. 중심이 잡힌 중용지도中庸之道를 추기경님은 늘 지키려 노력하셨다. 친정아버님의 묘비명이 '중용지도'임은 우연의 일치가 아니다. 중용지도의 코드가 잘 맞던 두 분. 늘 나라 걱정을 앞세우던 두 분은 지금 가까운 거리에 누워 계시면서 이 나라의 평화를 위해 하느님께 빌고 계실 것이다.

지난 16일, 황우석 교수 사태를 이야기하다가 가슴 아파하며 눈물을 흘리는 김수환 추기경.　　평화신문 제공

추기경의 눈물

"황우석 사태, 어떻게 수습해야 하나" 질문에
고개 숙인채 3분정도 눈물 흘리며 침묵
"우리 모두의 문제… 우직하고 정직하게…"

김수환 추기경이 굵은 눈물을 떨어뜨렸다. 지난 16일 오전 서울 혜화동 집무실에서 있었던 평화방송·평화신문과의 성탄특집 인터뷰 때다. 추기경은 황우석 교수의 배아줄기세포 진위 논란으로 국민 모두가 큰 상처를 입었는데, 어떻게 치유해야 할 것인가를 취재진의 문자 입술이 떨리면서 한두 마디 대답하다가 바로 고개를 숙인 채 3분 정도 눈물을 흘리며 침묵했다고 한다. 평화신문은 이 같은 인터뷰 내용을 22일 보도했다.

평화신문에 따르면 김 추기경은 "어제(15일) 저녁 TV뉴스를 보고 큰 충격을 받았다"며 "그 동안 황우석 교수 연구성과에 대한 의혹이 제기될 때마다 솔직히 '그런 일이 없기를…' 하고 바랐다. 그런데 의혹 일부가 사실로 밝혀지고 있다. 한국 사람이 세계 앞에 고개를 들 수 없는 부끄러운…"이라고 말한 뒤 눈물을 흘리기 시작했다. 김 추기경이 눈물을 흘리자 누군가가 손수건을 건넸으며, 추기경은 눈물을 닦아내고도 한참을 더 침묵했다. 김 추기경은 다시 "하느님은 한국인에게 좋은 머리를 주셨다. 그런데 그 좋은 머리를 쓰지 않고…"라고 말하다가 다시 고개를 숙인 채 한참을 말없이 있었다. 김 추기경은 "이번 사태를 황 교수 논문에 국한시켜 생각하지 말자. 우리 모두의 문제다. 우직하고 정직하게 살자. 그것이 바로 치유책이고 수습책"이라고 권했다.

김 추기경은 또 사립학교법 개정안에 대해서도 다시 한 번 강한 반대를 표했다고 평화신문은 보도했다.

"사학 비리는 척결돼야 하지만 소수의 비리를 다수의 문제로 비화시켜서는 안 된다. 그 많은 사립학교 중 2%가 비리에 관련돼 있다고 해서 그것을 사학 전체의 문제인 양 몰아붙여서는 안 된다. 사학 전체가 한목소리로 반대하고 나서면 그럴 만한 이유가 있는 것이다. 왜 전체 목소리를 외면하고 법안을 통과시켰는지. 정치적 의도를 의심하지 않을 수 없다. 앞으로 개방형 이사제 등이 시행되면 학교 당국과 교사, 교사와 전교조 사이의 갈등은 끊이지 않을 것이다. 대통령이 사학계 의견을 존중해 법안 거부권을 행사해 주길 바랄 뿐이다."

김한수기자 (본포그hansu.chosun.com)

> 한 일간지에 실린 김수환 추기경의 눈물 관련 기사

XX

로마에서의 만남

"너는 베드로이다. 내가 이 반석 위에 내 교회를
세울 터인즉, 저승의 세력도 그것을 이기지 못
할 것이다." ＿ 마태오 복음서 16장 18절

WUCWO(세계 가톨릭 여성 연합회) 이사회는 1년에 한 번 꼴로 대개 로마
에서 열렸다. 그리고 나의 재임 10년 동안 7회에 걸쳐 로마의 '도무
스 마리에Domus Mariae'에서 열렸다. 이제는 호텔로 운영되고 있지만,
옛날에는 귀족의 대저택이었던 도무스 마리에는 말을 타고 들어갈
수 있는 대저택이었다. 이는 로마 교구가 가톨릭교회의 활동을 위
해 내놓은 건물로, 숙소와 식당과 회의실 등을 두루 갖추고 있었다.

나이가 있으니 그 먼 여행을 감당할 수 있겠느냐고 주위에서 염려
해주셨지만, 비행기 내에서 주는 두 끼 식사 잘 먹고 묵주기도도 하
다보면 벌써 로마 비행장 도착이었다. 이런 이야기를 들려주면 다

들 믿기지 않는다는 표정을 하시지만, 사실이 그러했다.

그런데 이 7회에 걸친 회의와 2회의 바티칸에서의 행사 등 총 9회에 걸친 바티칸 나들이 중에 우연히도 두 번이나 5년마다 이루어지는 한국 주교단의 Ad Limina(사도좌 정기 방문)* 기간과 WUCWO 이사회 기간이 일치하였다. 2001년이 그러했고, 2006년이 그러했다. 대희년 전까지만 해도 한국 주교단은 5와 0이 든 해가 '사도좌 정기 방문'의 해였는데, 2001년의 방문은 2000년 대희년의 행사로 인해 다음 해로 미루어졌기 때문이었다.

그러한 사정을 모른 채 2001년에 로마행 비행기를 탄 나는 주교님들이 같은 비행기에 많이 타고 계시는 데 놀랐다. 그해 WUCWO의 세계 총회도 로마에서 같은 시기에 개최되었다. 대희년을 막 넘긴 해여서 세계에서 여성회원 500명이 로마에 모여 벌인 큰 잔치였다. 총회 폐회날, 대회의 폐막미사에 앞서 주례신부님이 "오늘 이 미사는 생일을 맞은 데레사 자매를 위해 봉헌합니다"라고 말씀하셔서 어찌 이렇게도 빨리 신부님께 소식이 전해졌을까 하고 까무라치게 놀랐다. 사실, 그날 점심식사 중에 아름다운 꽃바구니가 나의 테이블에 배달되자 모두가 놀라며, "누가 로마까지 생일 꽃바구니를 이

---

* Visitátio Líminum [ad Límina] Apostolórum: '사도좌 정기 방문'. 주교들이 교황을 정기적으로 알현하고 보고하는 것을 겸하여 로마에 있는 성 베드로 사도와 성 바울로 사도의 묘소를 방문하는 행사다.

렇게 정확하게 시간 맞추어 보냈을까?" 하고 감격하였던 것이다.

한국에서 그렇게 족집게처럼 시간 맞춰 꽃바구니를 바다 건너 멀리 점심시간에 맞추어 보내기란 쉬운 일이 아니었다. 더욱이 Ad Limina 에 오신 주교님 중에 나의 생일을 기억하시는 분은 없을 것 같았다. "누구일까?"
꽃바구니 안의 카드를 열어보았다. 모두의 시선이 나에게 모였다.
"Happy Birthday! from your husband(생일 축하해요! 당신 남편이)."
박수가 터져 나왔다. 이 소식이 신부님 귀에 들어간 것이다. 그렇게 나를 흥분케 한 미사는 다시는 없을 것 같다. 훗날 알고 보니 나의 딸이 아버지를 시켜 시간까지 꼭 맞춰 보냈다고 해서 이 미스터리 가 풀렸다. 이 사건이 미스터리였던 이유는 나의 남편이 이런 곡예 같은 일을 해낼 수 있는 위인이 결코 아니었기 때문이다.

2006년에도 또 많은 주교님들과 기내에서 만나게 되었다. 그런데 그해는 좀 더 특별한 해였다. 한국 주교단의 방문 기간에 로마의 한 국 신학교Collegio Corea 내에 건립된 성전을 요한 바오로 2세 교황님 께서 직접 축성하러 오신 것이다. 한국 신학교에서 성전 축성식이 있은 다음 날, 추기경님을 그곳 숙소에서 뵈었다. WUCWO 이사회 와 회의 등으로 10년에 걸쳐 홀로 드나들던 로마에서 뜻밖에 추기 경님을 뵙게 되니 얼마나 반가웠던지!

"한국 성가대 덕택에 나는 다시 한 번 교황님께 저녁 초대를 받았었어요. 성가대 노래에 교황님이 크게 감동하셔서…."

추기경님은 이렇게 말씀하시며 유쾌하게 웃으셨다. 나도 덩달아 즐거웠다. 우리 한국인의 예술적 감성과 능력은 어디서나 빛을 발한다. 게다가 그게 그럴 것이, 그날 성가대에서 노래 부른 교우들은 주로 로마에서 성악을 전공하는 한국 유학생들이었을 것이다. 그들의 우렁차고 아름다운 목소리로 울려 퍼지는 신심 깊은 성가와 특송特誦에 교황님이 크게 감동하신 것이다.

구원久遠의 도시 로마. 기독교 2,000년의 역사가 살아 숨 쉬는 곳. 도시 자체가 박물관인 로마. 비행장으로부터 로마 시내로 들어가는 길에 가장 먼저 눈에 들어오는 인상 깊은 로마의 소나무들. 가지들이 하늘을 향해 파라솔을 뒤집어 펴놓은 것같이 둥근 키다리 소나무들.

몸통이 하얀 대리석으로 이루어진 로마 성당들의 기둥같이 매끄럽고 아름다운 로열 팜Royal Palm 야자나무 가로수는 유럽 세계를 제압하던 로마 제국의 위용을 떠올리게 하며, 마상의 카이사르와 그의 군대가 말발굽소리를 내며 그 길을 지나가는 환상을 일으키기에 족하다. 그런 로마에서 존경하는 추기경님을 만나 뵙게 되니 더욱 각별하게 느껴졌고, 새삼 더욱 반가웠다.

너무 반갑고 급한 마음에 그 자리에서 뭐라도 드리고 싶었다. 하지만 드릴 게 아무것도 없었다. 마침 주머니를 뒤져보니 서울 떠날 때 누군가 나에게 쥐어준 캐러멜 한 통이 있었다. 여고시절 사춘기 소녀처럼 "추기경님!" 하며 그 캐러멜 한 통을 추기경님께 내밀고 함박 웃으며 돌아섰다.

서울을 향해 떠나는 나의 발걸음은 그 어느 때 보다 가벼웠다.

🔖 한국 주교단의 Ad Limina의 한때. 요한 바오로 2세 교황과 함께

XXI

세뱃돈 받던 날

그들은 친교 제물을 바치고 주 저희 조상들의
하느님을 찬송하며, 이레 동안 축제 제물을 나
누어 먹었다.   _ 역대기 하권 30장 22절

"세배 드리러 왔습니다!"

추기경님 집무실을 찾았을 때 마침 방에서 나오시던 추기경님께서
접대실에서 세배를 받으시겠다고 하셨다. 지방에서 근무하시던 리
드비나 수녀님과 함께 집무실에 들어가 세배를 드렸다. 세뱃돈을
주셨다. 일금 1만 원! 와~ 거금이다! 거기에다 정진석 대주교님에게
서 받으신 ≪묵주기도의 길잡이≫라는 책과 수첩 하나를 덤으로 주
셨다. 새해의 푸짐한 시작이었다.

인자한 미소의 추기경님을 뵈니 그간 세상 돌아가는 모습 때문에
쌓였던 울분이 터져 나왔다. 한참 듣고 계시던 추기경님은 "우리 모

두 꼭 같은 심정"이라고 하셨다. 하소연할 데 없는 마음을 연초부터 추기경님께 터트리고 나니 나의 답답한 가슴이 좀 후련해진 것 같았다. 하지만 추기경님 역시 답답하셨고 우울하셨을 텐데 위로해드리지 못해 죄송했다. 무엇으로 위로해드릴 수 있을까?

내가 좀 더 마음의 여유를 가지고서 살았더라면, 답답함과 울분에만 갇혀있지 말고 연초 한가로울 때 수고하신 분들과 추기경님을 모시고 '추기경 윷놀이'판이라도 벌여 추기경님을 즐겁게 해드릴 수도 있었으련만…. 이제 후회한들 소용이 없다 그러나 한편 생각하면, 우리와 함께 윷놀이 할 수 있을 정도로 한가하셨던 추기경님도 아니셨으니….

우리가 '추기경 윷놀이'라고 이름 붙인 윷놀이는 박후경 리드비나 수녀님께로부터 받은 윷판인데, 색다르고 재미있어 설날에는 세배 온 손자·손녀들과 함께 패를 갈라 내기를 하며 놀던 윷판이다. 일반적으로 사용하는 윷놀이 말판의 적소마다 '잉태'·'연옥'·'천당'을 명시해두고, 나가는 길 두 곳 마지막 자리에는 '지옥'이 입을 떡 벌리고 기다리게 해놓았으니 다 이겼다고 세동 업고 기다리던 말들이 그만 지옥에 퐁당 빠져 참패당하기 일쑤다. 그래서 지옥 앞에 말이 도달하면 모두가 전전긍긍했다. 우리네 인생살이하고 별 다름이 없는 말판이다.

'잉태'에 말이 떨어지면 자동으로 두동을 업을 수 있고, '연옥'에서는 다음 사람이 쉬어야 한다. '천당'은 바로 나는데, '지옥'에 떨어지면 처음부터 다시 시작해야 하니 천당과 지옥의 차이가 여기서도 엄청나다. "누가 이렇게 재미있는 말판을 고안해냈을까?" 하며 감탄했다. 추기경님께서 수녀원에 계실 때 수녀님들과 함께 노시던 윷판이라고 들었기에 우리는 이 말판을 '추기경 윷놀이'라고 불렀다.

세계적으로 보급되어있는 브리지Bridge나 카나스타Canasta 같은 놀이와 비교해볼 때 우리나라 윷놀이는 비록 세계에 알려지지는 않았지만 절묘하게 만들어진 게임인지를 알 수 있다. 동양 문화와 서양 문화를 대표하듯, 브리지는 이지적이고 합리적이고 계산적인 게임인데 비해, 윷놀이는 기술적이면서도 가족적이고 감성적인 면이 커서 사람들을 흥분하게 한다. '추기경 윷놀이'와 같이 말판을 마음대로 그리고 한없이 재미있게 발전시켜나갈 수 있으며, 승부도 빠르게 결정난다. 세계 어디서든 즐길 수 있는 게임이며, 놀이기구도 돈 안 들이고 즉시 장만할 수 있다, 어린이들마저도 어른의 도움 없이 할 수 있는 쉬운 게임이면서도 그 묘미는 무궁무진하다. "와~ 와~, 와글와글" 좀 시끄럽기는 하다! 그러나 이 정초의 활기찬 시끄러움이 살맛을 주기에 우리네 정서에 잘 어울리는 게임이다.

이 세계적으로 우수한 게임 윷놀이에 '추기경 윷놀이'의 말판이 가

세하여 설 연휴 때는 우리들의 삶을 더 즐겁고 풍요롭게 해주었으면 하는 생각을 금년에도 해보게 된다. 아는 것(知)은 좋아하는 것(好)만 못하고, 좋아하는 것은 즐기는 것(樂)만 못하다 했으니, 오늘에 있어 '지적 인간 호모사피엔스Homo Sapiens'는 모두가 '유희의 인간 호모루덴스Homo Ludens'가 되려고 하는 것이 아닌가 싶다. 기왕 놀이를 즐기려면 이런 윷놀이가 안성맞춤이 아니겠는가. 놀이도 하고 전교도 하고.

다른 규칙은 모두 같습니다.

＊잉태는 자동으로 없습니다.

＊연옥은 다음 사람이 쉬어야 합니다.

＊지옥은 처음부터 다시 합니다.

＊천국은 넣을 수도 있지만 없는 것이 더 재미있습니다.

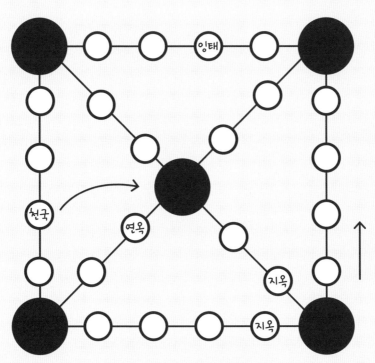

🦅 '추기경 윷놀이'의 말판

241

XXII
성가정 입양원을 찾아서

사흘 뒤에야 성전에서 그를 찾아냈는데, 그는 율법
교사들 가운데에 앉아 그들의 말을 듣기도 하고 그
들에게 묻기도 하고 있었다.　_루카 복음서 2장 46절

화창한 5월 어느 날, 추기경님께서 성북동의 '성가정 입양원'에 계
신다는 소식을 접했다.

"추기경님이 성가정 입양원에?"

의아해하는 나에게 옆에 있던 이가, "아니, 그곳에 오래 계시겠
네…. 누가 노인추기경을 입양해가겠어요?" 하며 농담 아닌 농담을
던졌다.

추기경님의 생신이 다가왔을 때였다. 스테파노 영명축일은 12월
26일인데, 성탄절과 스테파노 영명축일은 우리 가족 중 세 사람의
영명축일이기도 해서 무엇이 그리도 복잡했는지 몰라도 추기경님

의 축일은 늘 뒷전이 되어버렸었다. 성가정 입양소에 묵고 계시다고 하니 뒤늦게나마 육신의 생일이라도 꼭 챙겨드려야 할 것 같았다.

전복죽을 냄비에 담고 작은 생일 케이크 하나 들고서 성북동 성당 신자 한 분과 함께 입양소를 찾았다. 개량 한복 차림을 하신 추기경님이 백성호 신부님과 함께 우리를 맞아주셨다. 추기경님은 '옷걸이'가 좋으셔서 무슨 옷을 입으셔도 보기 좋았다. 여름철 겨울철 가릴 것 없이 사제복이나 주교 복장을 하고 나오시면 멋스럽게 잘 어울렸다. 특히 진홍 모자인 주케토를 쓸 때나 빨간 띠를 두른 추기경 복장은 멋스러웠다. 그럴 때면, 머리에 진홍색 주케토처럼 빨간 털이 나는 '카디날(추기경)'이라는 이름의 아름다운 새를 연상하게 된다. '카디날, 카디날' 하며 내가 좋아하던 새다.

추기경님 자서전을 보면, 어렸을 때 가난 속에서도 사람들이 귀공자로 봐주었다고 하셨으니, 어렸을 때부터 옷걸이 덕을 보신 것은 아닌지. 한적한 성가정 입양원에서도 개량한복을 입고 계시는 추기경님의 모습은 아름다웠다. 추기경님의 의상을 12년 동안 사철 따라 단정하게 챙기신 김성희 유스티나 수녀님의 노고를 생각하였다.

예고 없이 찾아간 우리를 추기경님은 "어떻게 여기에?" 하시며 반가이 맞아주셨다. 은퇴 직전까지도 전국에서 추기경님을 모시려는 단체나 개인들의 쇄도하는 요청을 악화되는 건강에도 불구하고 가능하면 들어주려고 하신 추기경님이셨지만, 마침내 건강이 허락하지 않는 날이 오게 된 듯했다. 지난날 개인이든 단체든 추기경님을 모시기 위해 양보 없이 다툴 때는 사람들이 너무 이기적이라는 생각이 들기도 했다. 그런데 오늘은 참으로 조용하다. 두 분만 덩그렇게 앉아계시는 것이 아닌가.

"아니, 왜 여기서 이렇게 올 데 갈 데 없는 모습으로 계셔요?"

그렇게 불쑥 말하려다 입을 다물었다. 추기경님의 예민한 감각은 말을 하지 않아도 눈빛으로 사람 속을 알아보시기 때문이다.

만약 추기경님이 사제가 되지 않으셨더라면 생활의 달인이 되셨을 것이다. 무엇을 하셔도 열정적이고, 사소한 일일지라도 그냥 지나치지 않는 호기심을 보이셨으니까. 또한 누구에게나 눈높이를 잘 맞춰주셨고, 관심을 보이셨으며, 상대방의 말을 한마디라도 놓칠세라 끝까지 진지하게 잘 들어주셨다. 이 또한 참으로 드물게 만나는 존경스런 모습이었다. 외유내강外柔內剛. 코스모스 필 무렵이면 가슴이 설레고, 명동 대성당 종탑 위에 달이 뜰 때면 감상적이 된다는 센티멘탈 로맨티시스트 추기경님의 감성 어디에, 그 어렵던 시기에 추기경님이 보였던 강철 같은 강인함이 숨겨져있었던가 궁금하기 그지 없다.

왜 성가정 입양원에 이렇게 쓸쓸히 앉아계시는가? 의아했던 내 마음에 추기경님과 강우일 주교님의 비서인 두 분 수녀님들이 두 주교님들의 짐을 정리하며 명동을 떠나던 날 쏟으신 눈물을 생각했다. 무엇이 그 두 분으로 하여금 그렇게 서러운 눈물을 흘리게 하였을까? 파란만장의 세월 속에서 오래 정든 곳과의 이별이 슬퍼서였던가? 당연히 그러했을 것이다. 그러나 한편으로는 30년간 대주교로 계시던 추기경님이 당장 성북동 입양원같이 불편한 곳으로 가셔야 하는 상황이 서러웠던 것은 아니었던가 하는 생각이 들었다. 세속을 초월하고 계시는 추기경님이시지만 모시던 수녀님 입장에서는 많이 서러웠을 것 같았다.

작별인사를 하고 떠나는 우리에게 추기경님은 평온한 표정으로 손을 흔들어주셨다. 재임 30년 동안 교회 걱정, 나라 걱정으로 고민하신 추기경님, 한때라도 행복한 순간이 있으셨을까? 지도자가 행복하면 국민은 불행해진다고 누가 말했던가. 추기경님과 같은 위대한 리더는 당연히 행복할 수 없었을 것이다. 그분의 불행은 우리들의 행복을 위한 것이었음으로….
"이제는 이 모든 것, 내려놓으시고 행복하소서."
그렇게 비는 마음으로 추기경님께 인사드리며 그곳을 떠나는데, '회자정리會者定離'나 '인생무상人生無常' 등 이런저런 생각에 잠긴 나의 발걸음은 더디고 무거웠다.

➤ 어느 설날 한복 차림의 김수환 추기경과 김성희 유스티나 수녀

➤ 전신 진홍색 추기경 복장을 입으시고

배리에타Brietta를 갖춘 진홍색 추기경 복장과 흰 레이스가 아름다운 카디날 새
를 연상시킨다

✒ 가을이면 언제나 찾으셨던 단풍의 고장에서 김수환 추기경과 김성희 유스티나
수녀

김수환 추기경과의 추억
THE MEMOIRS OF A CARDINAL

248

눈 오는 마당에서 김수환 추기경과 김성희 유스티나 수녀

XXIII
추기경님과 두 수녀님

그 뒤에 예수님께서는 고을과 마을을 두루 다니
시며, 하느님의 나라를 선포하시고 그 복음을
전하셨다.   _ 루카 복음서 8장 1절

혜화동으로 거처를 옮기시면서 '혜화동 할아버지'가 되신 추기경님
을 찾아뵌 어느 날, 추기경님께서 물으셨다.

"내가 지금 운전을 배우려고 하는데, 데레사는 어떻게 생각하는가?"

"꼭 면허를 따서서 손수 운전을 하시기 바랍니다!"

나는 서슴지 않고 그렇게 대답했다.

"그런데 요한이 나더러 절대로 운전하면 안 된다고 말리지 않겠나.
요한뿐만 아니라 주위에서 다 말려요. 운전하라고 하는 사람은 데
레사 한 사람뿐이네!"

나는 말문이 막혔고, 추기경님의 말씀은 이어졌다.

"그런데 나는 학도병 때* 트럭을 몰아본 적이 있거든. 사실 나도 운전은 좀 할 줄 아는데…."

조금은 서운한 어조였다. 주위에서 다 말리는데도 불구하고 나에게 또 물으신 것으로 미루어보아 조금은 운전에 미련이 있으셨던 것 같다.

또 다시 요한 씨가 등장했다. 추기경님을 긴 세월 동안 모신 요한 기사는 자동차에 대한 추기경님의 태도를 누구보다도 잘 알고 있었을 것이다. 즉, 추기경님을 진심으로 아끼는 마음에서 그랬을 것이다. 그러나 나의 생각은 좀 달랐다. 매우 섬세하고 예민한 신경의 소유자인 추기경님은 운전을 해도 큰 실수는 하지 않으실 것 같았다. 군대에서 트럭을 몬 경험이 있으니 자동변속식 승용차는 별로 어려움이 없을 것이고, 서울 지리를 잘 아시는 것도 큰 이점이라고 생각했다. 교통 법규 역시 누구보다 잘 지키실 테고….

'성미가 추기경님보다 급하면 급했지 결코 느릿느릿 하지 않았던 나도 별 탈 없이 60년간 운전을 했으니…' 하고 생각하며 운전하시기를 권유한 것이다.

물론 나의 무사고 운전에는 성모님과 수호천사의 가호가 절대적이

• 학도병 때: 김수환 추기경님은 일제가 패망 상황에 몰린 제2차 세계대전 말기에 당시 여느 조선 청년들과 마찬가지로 학도병으로 징집을 당하셨다.

었을 것이다. 출발 전 운전대를 잡으며, "성모님, 오늘 운전대를 잡은 모든 이의 마음을 평화롭게 인도하여주시고, 교통사고에서 보호하여주소서" 하며 기도해온 그 긴 세월 동안 성모님과 수호천사의 가호가 없었던들 성미 급한 내가 어찌 무사했겠는가. 아찔한 순간도 많았고, 회의에 늦을세라 달리다 길을 잘못 들어 U턴 하면 안 되는 곳에서 눈 딱 감고 U턴한 사실도 이 자리에서 고백한다. 만석이 된 주차장에 들어가면 내 앞에 꼭 하나 남은 빈자리가 아슬아슬하게 기다리는 기적 같은 경험도 가끔 하였다.

"추기경님이 운전대를 잡으시면 수호천사와 천사들이 무리를 지어 보호하여주시지 않겠는가!"

그런 믿음이 나에게 있었다.

추기경님께 운전을 권한 이유가 하나 더 있었다. 기운이 저하될 때 운전대를 잡으면 아드레날린이 솟구친다. 적당한 아드레날린은 건강에 필요한 요소이고, 삶의 의욕도 북돋워준다. 그러니 은퇴 후의 추기경님을 긴장시켜줄 운전은 일종의 활력소가 될 수 있으리라고 생각했다. 추기경님의 말씀엔 여전히 유머와 순발력 있는 재치가 넘쳤고, 또 추기경님 스스로 운전하기를 원하셨으니 더욱 그렇게 생각되었다.

중요한 이유는 또 있었다. 추기경님은 은퇴하신 후 후임자를 배려하셔서 당신의 그 큰 후광을 지우려고 마음을 쓰고 계셨다. 틈만 있으면 서울을 떠나 숨어있고 싶어 하셨지만 그 연세에, 더욱이 건강에 문제가 있었으니 쉽게 자리를 뜰 수도 없으셨고 오래 계실 수도 없었다. 그러니 운전을 하시게 되면, 먼 곳까지는 아니더라도 당신이 좋아하시는 가까운 곳으로 자주 훌쩍 떠나실 수 있을 것이라고 생각했다.

세상만사에 관심과 애정이 많은 추기경님이셨기에, 손수 자동차를 몰아서 가시고 싶은 곳으로 훨훨 다니시는 모습을 상상하노라면 상당히 통쾌하였다. 그랬으면 추기경님의 노후가 좀 더 활기차지 않았을까 하는 생각을 해본다. 추기경님을 한 번이라도 만나뵙기를 원하던 그 많은 분들도 크게 기뻐하였을 것이다. 하지만 너무 적극적으로 권유하는 것도 예의가 아닌 듯하여 그 이상 운전을 권하지 않고 말았으니 결국 추기경님은 '혜화동 할아버지'로 갇혀 지내시면서 건강 또한 급속도로 나빠지신 것은 아닌가 하는 후회를 하며, 'Mea Culpa(내 탓이로소이다)' 하고 가슴을 쳤다.

그런데 최근에 추기경님을 오래 모신 김성희 유스티나 수녀님을 오랜만에 만난 자리에서 추기경님에 대한 이런저런 에피소드를 나누다가 자동차 운전에 대한 이야기가 화제에 올랐다. 교구청에서 추기경 집무실을 지키던 시절, 나의 눈앞에서는 5척 단신의 수녀님은

6척 거장巨將의 기상을 풍기고 계셨다. 풍파 몰아치던 격변의 역사와 가난과 독재로 얼룩졌던 그 험난한 세월을 슬기롭게 견뎌내며 국내外國內外의 끊임없는 청원과 요청이 쇄도하던 그 분주했던 자리에서도 조용하면서 단호하게 교통정리를 잘해내신 수녀님이시다. 그리고 추기경님을 사계절 내내 깔끔하고 단정한 복장으로 잘 챙겨드리는 모습을 보며, "어느 딸이, 어느 비서가 이보다 더 잘 모실 수 있을까!" 하는 감탄을 자아내게 했다. 고달픈 추기경님의 일과 뒤에는 헌신적인 비서수녀님의 뒷받침이 있었음을 우리는 잘 알고 있었다. 언제나 추기경님과 유스티나 수녀님은 바늘에 따라가는 실과 같은 이미지로 나의 마음속에 각인되어있다.

우리가 오랜만에 만나던 그날, 추기경님의 운전 포기를 유감스럽게 생각하는 나에게 수녀님은 추기경님이 운전면허시험을 치르셨다고 하셨다.

"정말 그러셨어요?"

놀라운 일이었다. 그런데 운전면허증을 받으러 가시는 날 아침, 좀처럼 기침을 하지 않으셔서 방문을 두들긴 수녀님에게 얼굴만 내민 추기경님께서 이렇게 말씀하셨다는 것이다.

"내가 어젯밤에 잠이 안와 수면제를 먹었더니 이렇게 늦잠을 자게 되었어. 오늘 운전면허증 받으러 갈 수 없을 것 같아."

운전을 포기하신 확실한 이유는 알 수 없으나, 건강에 자신이 없으셨거나 사방에서 운전을 말렸기 때문에 밤새 고민을 하신 건 아니었을까? 수녀님도 운전을 말렸다고 하셨다.

"신호 위반이라도 하시면 어쩌게요! 사고라도 내시면 어쩌고요."

아마도 요한 기사는 추기경님의 운전 포기 소식에 가슴을 쓸어내리며 제일 기뻐했을 것이다.

'김수환 추기경 교통 법규 위반!' 하고 대문짝 같이 신문에 나면 재미있지 않을까 싶기도 하다. 추기경님은 그 자리에서 군말 없이 벌금 딱지를 받으셨을 텐데, 그분을 알아본 교통경찰이, "아! 추기경 할아버지! 앞으로 조심하세요" 하고 경례를 붙이며 미소로 보내드렸겠지. 이런저런 재미있는 상상을 해보지만, 추기경님이 대형 사고라도 내셨다면 문제는 간단하지 않았을 것이 분명하였다. 이 나라의 추기경님이시니까.

추기경님 재임 시절 서울 대교구청에는 김성희 유스티나 수녀님과 함께 9년간 강우일 주교님을 모신 박후경 리드비나 수녀님이 계셨다. 강우일 주교님이 추기경님을 무난히 보좌할 수 있도록 보살펴 드린 리드비나 수녀님은 대데레사 수녀 같은 기상을 지닌 슈퍼수녀님이시다. 추기경님이 그리울 때면 이 두 분의 업적만큼이나 쌓인 이 아름다운 두 분 수녀님의 노고도 생각하게 된다. 이 착하고 아름다운 수녀님에게, "잘하였다, 착하고 성실한 종아! 네가 작은 일에 성실하였으니 이제 내가 너에게 많은 일을 맡기겠다. 와서 네 주인과 함께 기쁨을 나누어라"(마태오 복음서 25장 21절) 하시며 주님께서는 칭찬을 아끼지 않으실 것 같다는 생각이 부쩍 많이 드는 요즘이다.

🦅 집무실에서 바늘과 실 같은 김수환 추기경과 김성희 수녀

🦅 김성희 수녀와 김수환 추기경

김성희 수녀, 김수환 추기경, 박후경 수녀

XXIV
목마른 이들을 위한 샘터

예수님께서 "마리아야!" 하고 부르셨다. 마리아는 돌아서
서 히브리 말로 "라뿌니!" 하고 불렀다. 이는 '스승님!'이
라는 뜻이다.   _요한 복음서 20장 16절

부활하신 예수님은 첫새벽에 울고 있는 마리아 막달레나에게 말씀
하셨다. "내 형제들에게 가서 전하여라."
그 옛날, 예수님 사랑에 사로잡혔던 교회의 여성들과 같이 '서가연'
여성들도 주님 사랑에 사로잡혀 열심히 일했다. 그리고 그 중심에
는, "여성은 남성보다 더 영성적이지요!"라고 늘 말씀하시던 김수환
추기경님이 계셨다.

† 오덕주 데레사 회장님과 여성 연합회 이사님들께

어머니 같은 사랑이 너무나 필요한 오늘입니다. 그동안 메마른 우리 땅에 사랑의 물을 끊임없이 흐를 수 있게 샘터의 구실을 다하여 오셨음에 깊이 감사드립니다. 앞으로도 계속 이사랑의 샘터가 되어주십시오.

그러기 위해 "목마른 사람은 다 나에게로 오너라. 나를 믿는 사람은 그 속에서 샘솟는 물이 강물처럼 흘러나올 것이다(요한복음서. 7장 37~38절)"라는 주님 말씀 묵상하며 함께 살아갔으면 합니다.

거듭 모든 기도와 봉사에 감사드립니다.

2003년 세모 김수환

긴 세월 동안 옆에서 '서가연'을 지켜봐주신 추기경님께서 보내주신 편지는 이런저런 일로 메말라가는 나의 영혼을 촉촉히 적셨다. 여성 연합회에 첫 발을 들여놓은 후 선배님들을 따라 몸과 마음을 다하여 열심히 뛰다 보니 회장이 되었고, 10년 후에는 세계 연합회 이사와 아시아 지구 회장까지 맡아 국제적 활동까지 하기에 이르렀다. 자선단체 후원회 모임 '서가연'으로부터 가지가 뻗어나간 모임, 심포지엄, 그리고 이런저런 위원회를 누비던 나는, 나도 모르게 점점 기도생활에서 멀어지면서 하는 일에 대한 회의감마저 느끼게 되던 때였다.

초심자 때는 추기경님을 위해 뛰는 것이 예수님을 위해 헌신하는 것이라는 확신이 있었다. 그러나 추기경님이 서울 교구장직에서 은퇴하신 후에는, "내가 진정 예수님만을 향해 그렇게 열심히 뛰었던가? 아니면 교회의 큰어른의 힘겨워하시는 인간적 모습이 안타까워 그러했던가? 그것 또한 아니면 젊은 나이에 주교관에 불려간 조카 강우일 주교님이 안쓰러워 그렇게 뛰었던가?" 하며 자신에게 묻게 되는 것이었다. 물불 안 가리고 열심히 달리기만 했던 세월 끝자락에서 문득 하느님은 저 멀리 계시고 영성은 메말라가는데 내가 이룩한 것은 과연 무엇인가 하는 회의가 고개를 들던 때, 추기경님의 편지를 받은 것이다.

"작아도 엄청 작은 우리들의 샘터인데…. 그러나 작은 샘터면 또한 어떠리? 목마른 이에게는 한 방울의 물도 생명의 물인 것을!"

나에게 새로운 용기를 불러일으킨 이 편지를 나는 눈물을 훔치면서 읽고 또 읽었다.

"70이 되면 은퇴해야지."

추기경님께서는 입버릇처럼 이렇게 말씀하셨다. 나 역시 닥쳐올 추기경님과의 이별의 준비를 마음속으로 하고 있었다. '경가회'에서 마지막으로 모신 미사에서는 100송이 진홍색 장미를 안겨드렸다. 우리들 가슴에 아로새겨진 추기경님과의 따뜻했던 날들을 기억하며 100명 회원의 마음을 담은 장미였다.

또한 그간 이런저런 일로 함께 마음을 모아 열심히 뛰던 여성들과의 만찬도 마련하였다. 단 하루의 결근 없이 30년간 근속한 특별한 총무이며, 누구보다도 30년 재임 기간의 추기경님과 '서가연'에 얽힌 사연을 컴퓨터와 같이 정확하게 기억하는 이근자 이사도 초대하였다. 추기경님을 존경하고 사랑하며 뛰던 교구의 딸들과 함께 했던 그날의 조촐한 모임은 꼭 추기경님과의 '최후의 만찬' 같은 감회를 불러일으켰다.

"여성은 남성보다 더 영성적이지요!"
어머니 사랑이 각별하셨던 추기경님은 늘 그렇게 말씀하셨고, 언제나 그처럼 여성들에게 협조적이셨다.
"여성의 지위가 많이 향상되다보니 남편에게 폭력을 휘두르는 여성까지 나타났으니 이를 어찌합니까?" 하고 걱정하는 나에게, "그간 남성에게 저울의 무게가 너무 많이 기울었으니 이젠 여성에게 그만큼 기울어져야 다음으로 평등해지는 거지요"라고도 하셨다. 그러면서 양팔을 벌려 저울이 균형을 잡는 모습을 해보이며 웃으시는 추기경님이셨다.

추기경님의 서울 대교구 재임 시기는 민주화 운동의 격동기여서 교회가 어려움도 많이 겪었지만, 역설적으로 바로 그 때문에 교회가 역동적으로 성장하는 시기이기도 했다. 1980년대부터 대형 행사가 이어지면서 교구는 급속도로 발전해갔지만 교구 예산은 늘 부족할 수밖에 없었다. 내가 쓴 '서가연' 50년 역사의 전반 30년을 돌아보면, 그 세월은 그런 교구의 어려운 자리를 뒷받침하는 활동이라고 해도 과언이 아니다. 세월의 물결에 떠밀려 한 분, 두 분 우리 곁을 떠난 열혈회원들은, 프란치스코 성인을 뒷바라지한 클라라 수도회원들과 같이 교회를 위해 아낌없이 자신들의 주머니를 털어내놓던 귀한 분들이었다.

독일 유학 시절 유럽 신자들의 활동을 직접 눈여겨보고 오신 추기경님은 가톨릭 활동 단체의 필요성을 절감하셨기에 활동적 여성을 격려하셨고, 여성의 시야를 넓히도록 세계 가톨릭 여성 연합회로 진출하는 계기도 마련해주셨다. 그러나 아쉽게도 많은 본당 사제들은 추기경님의 여성에 대한 인식을 따라가지 못했으며, 여성에 대한 비전vision도 부족했다.

한국 교회가 6.25 전쟁의 어려운 시기를 견뎌낼 수 있었던 데는 미국의 가톨릭 구호단체와 유럽 가톨릭 국가로부터의 원조가 절대적이었다. 특히 그 시절의 '오스트리아 여성 연합회'의 원조 활동은 우리 여성들이 주목할 만하다. 그들은 지속적으로 한국 교회에 관심을 보였으며, 한국 여성들에게 힘을 실어주었다. 오스트리아 여성 연합회 회장인 파머 여사는 한국을 직접 방문하여 '서가연' 회원들을 격려하였으며, 주교회의 사무실 건물을 기증할 때는 사무실 하나를 '서가연'에 할당해주기까지 했다.

'서가연'은 이러한 오스트리아 여성들의 활동 모습에서 많은 것을 배웠다. 그리고 얻은 바를 열심히 나누었다. WUCWO 회원으로도 가입했으며, 한국 전국의 여러 교구를 방문하여 여성 연합회 조직을 도왔다. 성소 후원회와 교도소 후원회를 최초로 조직하였고, 행복한 가정 운동(가톨릭식 산아조절법)을 시작하여 잘 이루어나갔었다.

아시안 게임에 이어 서울 올림픽에 봉사자로 참여하여 가톨릭 신자의 섬김의 정신을 여지없이 발휘하여 서울시로부터 표창도 받았다. 봉사자들이 모두 마다하는 화장실청소는 늘 '서가연'의 몫이었다. 추기경님은 이런 곳에까지도 찾아오셔서 봉사자들을 위로해주셨다.

'테제 공동체'가 집을 마련하기가 어렵다는 추기경님 말씀에 모아둔

돈을 몽땅 털어드리기도 하고, 당고개 성지 개발 때는 성지에 제대를 마련해드렸으며, 가톨릭 대학교 발전 기금 모금 시에는 '서가연'이 지니고 있던 돈을 다 털어드렸다. 만일 '서가연'이 자신들을 위해 이런 돈을 움켜쥐고 있었더라면 훌륭한 빌딩 하나쯤 가톨릭 여성들을 위해 마련할 수도 있지 않았을까? 가톨릭 여성회관 하나 번듯하게 갖지 못한 아쉬움이 간절하여 한때 그런 생각도 해보았다.

103위 시성식, 서울 성체 대회 때도 힘껏 뛰었다. '아세아 소공동체 회의'가 의정부의 '한마음 한몸 수련장'에서 개최되었을 때는 한가위 연휴에도 불구하고 회의 일정이 끝난 후까지 그곳에 남아 봉사하였다. 교구에서 크고 작은 일에 여성을 대표하여 뛰어줄 단체의 필요성을 실감했던 세월이었다.

한때 여성신앙대학을 열어 여성의 존엄(요한 바오로 2세 교황님의 칙서 참조)과 환경교육을 하다가 오래된 필동 회관을 개축하여 여성 활동의 새로운 장을 마련할 필요성을 느끼게 되었다. 그런데 당시의 여성연합회 재정은 완전 마이너스 상태여서 개축에 필요한 재원이 막막했다.
"어찌하랴."
고민을 하다가 은퇴하시는 추기경님께 손을 내밀었다.
"추기경님, 돈 없으시지만 조금만 주세요."

추기경님은 기가 막힌 듯한 표정을 하셨다.

"나 돈 없는데…."

"없어도 좋으니 조금만 주세요."

그런 억지가 세상에 또 있을까? 모금을 잘해오던 나를 아시는 추기경님이 의아하다는 표정으로 나를 쳐다보셨다. 결국 추기경님께서 50만 원을 주셨다. 추기경님께서 선종하실 때 남기신 전 재산은 300만 원이었다. 그 전 재산 300만 원을 '라파엘 클리닉'에 보내신 추기경님에게 50만 원은 정말 거금이었다. 하지만 추기경님이 주신 그 귀한 50만 원은 빵을 부풀리는 누룩이 되어 3억 원에 가까운 돈을 모았다. 바로 오병이어의 기적이었다. 나는 또다시 기적을 경험한 것이다.

나의 숙원 사업이던 '사랑마트'도 아나바다 운동의 일환으로 개설하였다. 사랑마트는 다른 가게들과는 대조적으로 완전히 일개미같이 부지런한 봉사자들에 의해 운영되고 있으며, 수익금 전액을 불우 여성들과 어려운 이웃을 위해 나누면서 투명하게 운영하고 있다.

서가연의 지난날을 회상하노라면 봉사부 회원들의 귀한 모습이 떠오른다. 각자 본당 활동에도 앞장섰던 봉사부 회원들은, 매주 한 번씩 모여 자신들이 받은 '달란트'를 활용하여 30년 동안 '서가연'을 든든히 받쳐주었다. 이들은 사제 사랑도 각별하여 신학교를 위해 매년 일정액을 봉헌하였다.

본당에서도 열심히 봉사하는 분들인데도 일부 본당 사제들은 '서가연'에서의 활동을 견제하기도 했다. 교구에서 활동을 하다보면 지평이 넓어지고 본당을 향한 애정도 더욱 깊어지는데, 참으로 애석한 일이 아닐 수 없다. 세계를 알면 한국을 더욱 잘 알게 되고 나라 사랑이 깊어지는 이치와 같은 데도 말이다. 이제 봉사부는 노령화되어 해체되고 젊은 사업부가 뒤를 이어가고 있다.

WUCWO에서의 활동 중에도 흐뭇했던 일들이 많았다. 그중에서도 WUCWO 100년 역사상 처음으로 동양인 사제인 이재돈 신부님이 주제 강연을 하신 일이며, 정월기 신부님 역시 동양인 사제로는 처음으로 이재돈 신부님과 함께 아시아권 미사 주례를 하신 일이다. 또한 한국에서 아시아 지구 총회를 처음으로 연 것 등이 특히 그랬다. 이는 유럽 중심으로 움직이던 중심축이 동양으로 이동하는 순간이었으며, 한국의 위상을 끌어올리는 순간이기도 했다. '서가연'이 50년 되는 해를 기념하여 '서가연'의 모든 행적을 ≪50년의 발자취≫에 수록하여 출판하기까지 했다.

김수환 추기경님께서 우리 곁을 떠나시기 전 마지막으로 명동 대성당에 누워계시던 그 춥던 겨울의 5일간, '서가연' 회원들은 명동 주교관으로 몰리는 조문객들을 위해 매일 대추차를 끓여 날랐다. 나라의 모든 사람들이 함께 애도했다. 지도층부터 이름 모를 서민까지 모두가 한마음이었다. 대통령도 오셨고, 정계 인사들이며 재계 인사들이 계속 그 뒤를 따랐다. 어린 학생들까지 엄마 손을 잡고 그 추운 날 오랜 시간을 기다려 추기경님 마지막 모습을 뵈었다. 따뜻했던 그 옛 봄날의 만남으로부터 추운 겨울의 이별의 그날까지 오랜 세월을 추기경님과 함께 걸어온 우리 '서가연' 회원들은 추기경님께서 하늘나라로 떠나시는 꽃길을 그렇게 지켜드렸다.

🕊 오스트리아 여성 연합회 회장 파머 여사와 김양순 도미나

🔰 서울 가톨릭 여성 연합회 이기열 데레사 초대 회장

🔰 1960년대, 신학교를 위한 바자. 앞줄 맨 왼쪽부터 첫 번째와 두 번째인
이방자 여사와 김인자 회장, 그리고 김수환 추기경

김수환 추기경의 편지

271

🐦 1960년대, 서울 가톨릭 여성 연합회 이사들과 김수환 추기경. 왼쪽부
터 세 번째가 최 마리아 여사, 김수환 추기경, 김인자 회장

🐦 '서가연'의 서울 올림픽 봉사단원들을 격려하시는 김수환 추기경과 박
애주 회장

'서가연'의 서울 올림픽 봉사단원들을 위로하시는 김수환 추기경

❥ 서울 올림픽 때 '서가연'의 봉사단원들을 치하하는 노태우 대통령 부인 김옥숙
여사

➤ 여성부에서 받은 공로상

🕊 김수환 추기경을 모시고 열었던 성체 대회 모금을 위한 모임

> 1990년대, 가톨릭 여성신앙대학 제1기생 졸업미사. '여성의 존엄'을 중심으로
한 여성교육 프로그램의 일환

➤ 1990년대, 김수환 추기경과 '서가연' 봉사부 회원들

➤ 여성 연합회 역사상 처음으로 김수환 추기경으로부터 기부금을 받은 감
격의 순간이다. 이 일이 오병이어 같은 기적을 낳은 것이다

➥ 필동 가톨릭 여성 연합회의 회관 개관식. 중앙에 염수정 추기경 (추기경님이 주신 '종잣돈'의 열매를 맺었다.)

교회의 딸들과의 만찬. 앞줄 왼쪽부터 이근자, 김정자, 김수환 추기경, 박용언, 저자. 뒷줄 왼쪽부터 신수정, 민혜성, 윤정자, 양찬집, 정기호, 주희숙

Union
Mondiale des
Organisations
Féminines
Catholiques

🔖 1967년에 김양순 도미나 씨가 한국 여성으로는 처음으로 WUCWO 에 참석하다(서울 여성 연합회가 WUCWO에 진출한 첫걸음)

🕊 1991년 멕시코 과달라하라, WUCWO 세계 총회 입장 장면. 박애주
회장과 이근자 이사

> 2006년, 알링턴 WUCWO 세계 총회 참가자. 왼쪽부터 정월기 신부, 이명숙, 원이숙, 김정자, 재미교포 강안나, 원이숙 부회장 손녀, 저자, 이근자, 황윤희 총무, 손 안나의 딸과 사위, 이재동 신부

2007년, 필리핀 여성 연합회 총회에서 WUCWO 아시아·태평양 지구 회장 저
자의 인사

❧ 아시아 · 태평양 지구 총회 참석자들에게 '서가연' 전례부가 원불교 본원 정원에서 전례춤을 선보이고 있다.

❧ '서가연' 아시아 · 태평양 지구 미사 후의 사진들

➥ 2008년, WUCWO 아시아 · 태평양 지구 총회 참석자들의 '참회와 속죄의 성당' 방문

2010년, '서가연' 이사와 WUCWO 지도신부. 앞줄 왼쪽부터 박찬순, 아시시의 프란치스코 수도회의 마리아 폴로데로 신부, 박애주, 이수련. 뒷줄 왼쪽부터 박은영, 이근자, 저자, 김신실

XXV
사랑할 때와 헤어질 때

하늘 아래 모든 것에는 시기가 있고 모든
일에는 때가 있다. _코헬렛 3장 1절

하늘 아래 모든 것에는 시기가 있고 모든 일에는 때가 있다.

만남의 때가 있으면 헤어질 때가 있듯이, 30년 전의 만남의 때로부
터 드디어 헤어질 때가 다가온 것이다.

2008년 10월 초, 추기경님이 위독하시다는 전갈을 받고 성모병원
에 달려갔을 때는 추기경님께서 이미 위험한 고비를 넘기신 후였다.
당신 특유의 유머까지 발휘하시어 주위 사람들을 기쁘게 해주셨다
고 추기경님 곁을 지키시던 백성호 신부님이 말씀하셨다.

많은 문병객을 접하신 후인지라 곤히 잠이 드신 얼굴만 잠깐 뵙고

천근만근의 무거운 발걸음을 돌려 병원을 나섰다. 나 자신도 허리에 심한 병을 앓고 있어 보행조차 힘들 때여서 내 마음이 더욱 산란하고 처절했다.

추기경님 입원실에 병문안하는 일은 쉬운 일이 아니었다. 용태가 위중하시니 아무나 면회를 할 수 없음을 알고 있었지만, 그래도 깨어계시는 모습을 한 번 뵙고 싶어 병원을 다시 찾아갔다. 다행히, 힘드신 가운데도 미사를 올리려고 일어나신 추기경님을 잠깐이나마 뵐 수 있었다. 그간 나의 개인 사정으로 찾아뵙지 못했음을 백배 사과드리고 우리들 모두는 추기경님을 위해 열심히 기도드리고 있음을 아뢰었다. 이날이 내가 추기경님을 뵌 마지막 날이 될 줄이야. 나의 척추병도 악화되어 그날 이후 나 자신이 병상에 누워 옴짝달싹 못하는 환자가 되어버렸기 때문이다.

척추병 환자인 내가 할 수 있는 일이라고는 추기경님을 위한 기도밖에 없었다. 때마침 병문안 온 경가회와 서가연 회원들은 나의 기도에 기꺼운 마음으로 동참해주었다. 무척이나 고마웠다. 묵주기도를 바치는 밤에는 추기경님과 함께했던 크고 작은 행사들, 기쁘고 슬펐던 사건들이 방 안에 파노라마처럼 가득 퍼져나갔다. 더욱이 추기경님이 짊어지셨던 그 크고 무거운 십자가와 걸어오신 험난한 가시밭길이 병상의 쇠약해지신 모습과 오버랩되어 안타깝고 슬프기 그지없어 끝없이 눈물이 흘렀다.

부디 가시는 길이 평안하시기를 성모님께 빌고 또 빌며, 다정다감
하시고 인자하시면서도 불의에는 서슬이 퍼러시던 이 성자와 같은
목자를 우리에게 보내주신 하느님께 깊은 감사를 드리는 밤이기도
했다.

"하늘 아래 모든 것에는 시기가 있고 모든 일에는 때가 있다."

XXVI
강우일 주교님의 고별사

"그러므로 너희는 가서 모든 민족들을 제자로 삼아,
아버지와 아들과 성령의 이름으로 세례를 주고, 내
가 너희에게 명령한 모든 것을 가르쳐 지키게 하여
라. 보라, 내가 세상 끝날까지 언제나 너희와 함께
있겠다."
_마태오 복음서 28장 19~20절

김수환 추기경님이 우리 곁을 떠나시던 날, 명동 대성당에서 봉헌
된 장례미사에서 강우일 주교님이 고별사를 올렸다. 16년 세월 동
안 추기경님과 교구에서 고락을 함께하셨던 강우일 주교님이 주교
회의 의장에 재임再任하시게 되면서 주교회의 의장의 자격으로 고별
사를 올리게 됨은 우연으로 생각하기에는 너무나 뜻깊은 하느님의
안배로 다가와 깊이 고개를 숙였다.

✎ 강우일 주교의 고별사

✝ 사랑하고 존경하는 추기경님.

추기경님을 존경하고 흠모하는 팬들이 많다는 것은 알았지만 이번에는 정말 놀랐습니다. 전국 각 교구의 성당과 빈소에 추기경님과의 이별을 안타까워하며 밀려드는 인파가 끝이 없이 이어지고 있습니다. 교우들만이 아니라 온 국민이 모두 마음으로부터 의지하던 아버지 같은 분을 잃은 슬픔에 젖어 있습니다. 마음이 너무 휑하여 안절부절 못하고, 집에 가만히 앉아있을 수도 없어 성당으로, 빈소로 모여와 몇 시간씩 기다리며 마지막 가시는 길을 배웅해드리고자 하는 것 같습니다.

명동만이 아니라 전국 방방곡곡에서, 바다 건너 제주에서조차 조문의 행렬이 이어지고 있습니다. 지금 세상살이가 너무 어렵고, 희망은 안 보이고, 어디를 봐도 의지할 데가 안 보이니, 추기경님의 떠나심이 더욱 안타깝고 우리 모두를 불안하게 하는 것 같습니다.

저도 지난 2년여 동안 추기경님이 입원과 퇴원을 되풀이하시고 급속도로 체력이 약화되시다가 7개월 전부터는 퇴원도 못하신 채 계속 병실에 붙잡혀계시니 참으로 애처로웠습니다. 갈수록 초췌해지시는 모습을 뵈면서 마음이 무척 아팠습니다. 언제부터인가 식사할 힘도 식욕도 없으시고, 소화도 안되시고, 배설도 당신 뜻대로 안되시니 인간의 가장 기본적인 신체 기능이 거의 마비되어가셨습니다. 마침내는 영양이 부족하여 당신 힘으로 일어서지도 못하셨습니다.

화장실만은 당신 힘으로 가시려던 마지막 자존심마저 포기하시고 당신 몸을 온전히 다른 사람에게 내맡기셨습니다. 노환이라고는 하지만 때때로 찾아오는 호흡 곤란과 혈액 내 산소 수치 저하로 가쁜 숨을 몰아쉬시며 무척이나 힘든 시간을 보내셨습니다. 추기경님은 계속되는 육신의 한계 상황을 온몸으로 겪어내시며 정신적으로도 고통과 외로움 속에서 홀로 힘겹게 싸우고 계신 것을 보았습니다. 그 싸움은 저희 중 아무도 도와드릴 수가 없었습니다.

저는 이런 추기경님 모습을 뵈면서 하느님께 투정 섞인 넋두리를 늘어놓았습니다.

"우리 추기경님 무슨 보속할 것이 그리도 많아서 이렇게 길게 고난을 맛보게 하십니까? 추기경 정도 되는 분을 이 정도로 족치신다면 나중에 저희 같은 범인은 얼마나 호되게 다루시려는 것입니까? 겁나고 무섭습니다."

몇 주일 전에는 "주님, 이제 그만하면 되시지 않았습니까? 우리 추기경님 좀 편히 쉬게 해주십시오" 하고 기도했습니다. 그런데 이제야 깨달았습니다. 추기경님의 고난이 왜 필요했는지를!

지금 추기경님은 당신의 투병 생활과 죽음을 통하여 경제 위기와 사회 불안으로 깜깜하고 싸늘하게 식어버린 국민들의 마음을 따뜻하게 덥혀주기 시작하셨습니다. 특히 도산과 실직, 절망과 불안의 골짜기를 걷고 있는 모든 어려운 이들이 추기경님의 생전의 가르침과 행적에서 희망을 찾고 용기와 힘을 얻으면서 추위도 아랑곳하지 않고 명동으로, 전국의 성당으로 모여왔습니다. 추기경님의 고난이 있었기에 추기경님의 부활은 이미 시작되었습니다. 추기경님께서 이 세상에 살아계시며 여러 곳에서 말씀하셨을 때보다 지금 훨씬 더 많은 이들이 추기경님 말씀을 음미하고 그 가르침을 실천하겠다고 다짐하고 있습니다. 추기경님은 이제 혜화동 할아버지가 아니라 한국의 할아버지가 되셨습니다.

추기경님은 젊은 시절부터 간직하신 한 가지 소망이 있었습니다. 그것은 가난하고 힘없는 이들에게 복음을 말로써 가르치는 것보다 그들 곁에서, 그들과 같은 눈높이에서 함께 사시는 것이었습니다. 주교직에 오르고 추기경직에 오르시며 그것이 점점 더 어려워졌습니다. 그래서 당신 영혼의 밑바닥에서 누구보다도 당신 자신에게 큰 빚을 지고 사셨습니다. 연세가 높아지신 다음에는 도저히 그 빚을 갚을 길이 없다는 것을 아시고 "요 모양 요 꼴"이라고 탄식하시고, 당신 자신에게 "바보야!"라고 읊으셨습니다.

하지만 사랑하는 추기경님, 저는 믿습니다.
주 하느님께서 이렇게 말씀해주실 것입니다.

"어서 오너라, 내 사랑하는 바보야! 그만하면 다 이루었다! 와서 세상 창조 때부터 너희를 위하여 준비된 나라를 차지하여라."

평안히 가십시오, 추기경님.

그리고 주님의 나라에 들어가시면 당신께서 불쌍히 여기시고 애틋하게 사랑하셨던 우리 백성을 위하여 주님께 간구하여 주십시오.

많이 아껴주셨던 강우일이 인사 올립니다.

2009년 2월 20일

한국 천주교 주교회의 의장

강우일 주교

XXVII
큰 별이 떠나는 밤에

주 예수님께서는 제자들에게 말씀하신 다음 승천하시
어 하느님 오른쪽에 앉으셨다. _ 마르코 복음서 16장 19절

나는 추기경님의 마지막 가시는 길을 배웅해드리지 못한 불효녀다.
추기경님의 영구차가 명동 대성당을 떠나던 날, 병실에서 촛불 하
나 켜놓고 홀로 서러운 눈물을 흘리다가 큰소리를 내며 울었다. 주
치의가 무슨 일인가 하고 놀라 뛰어왔다.

전국의 신문이 그분에 대한 기사로 도배할 때에도, 평화방송에서
인터뷰를 요청했을 때에도 나는 침묵을 지켰다. 내가 지닌 추기경
님의 추억이 상실의 슬픔을 통해 숙성되어 승화되기를 기다리며 침
묵했다. 이 나라의 다사다난했던 세월 안에서 김수환 추기경님과
함께한, 나에게 있어서는 비길 데 없이 소중한 추억을 쉽게 입에 올

리기가 어려웠고, 각색되기 쉬운 사사로운 이야기를 대중 앞에 내놓기가 불편했다.

"그분은 사랑하되 함부로 대하지 않았으며, 위엄이 있되 가파르지 않으셨다. 우리나라에 그런 분이 계셨다는 것은 참으로 행운이며 행복이었다."
누군가가 남긴 이 말은 너무나 옳은 말이었기에 어느 누구도 토를 달 수 없을 것이다. 추기경님이 계셨기에 나 역시 참으로 행복했고, 가파르지 않은 그분의 위엄 앞에서 언제나 숙연할 수 밖에 없었다.

천주교에 입교한 후 크고 작은 일들을 도모할 때의 어려움이나 피로감도 추기경님이 계셨기에 기쁘게 떨쳐버릴 수 있었으며, 나를 덮친 슬픔과 절망의 질곡에서도 그분의 위로가 있었기에 헤어날 수 있었다. 지난날의 격랑의 세월 속에서 '배운 사람'의 한 사람으로서 마구 흔들리던 마음도 그분과 함께하였기에 다독이며 추스를 수 있었고, 따뜻한 보금자리였던 그분 덕에 나의 영혼도 편안함을 누릴 수 있었다.

추기경님의 서거를 애도하는 행렬이 명동에서 남대문까지 연일 이어지는 모습을 병실 TV를 통해 눈물로 바라보던 나는, 엄청난 슬픔에도 불구하고 무엇이라 형용할 수 없는 큰 위로를 받았으며, 2월의 매서운 추위 속 애도의 행렬에서 묵묵히 한 발짝 한 발짝을 경건하게 옮기고 있는 분들의 성스런 모습에 전율하였다.

큰 별이 우리 곁을 떠난 밤으로부터 10년 세월이 흘렀다. 덧없는 세월 속에서 추기경님의 추억은 흐려질 수도 있건만, 생텍쥐페리의 '어린 왕자'가 자기 별에 두고 떠나온 장미를 그리워하듯 시간이 갈수록 더욱 더 큰 그리움으로 다가온다.
"글로 남기지 않으면 역사에서 사라집니다."
칼투시안 수도회 베드로 신부님이 나에게 격려와 당부의 말씀을 하셨다. 비록 사사로운 추억이지만 이 또한 큰 역사의 한 자락임에 틀림이 없다는 뜻으로 받아들였다. 주위의 가까운 분들도 글쓰기를 격려해주셨다.

거대한 성채, 태산과 같은 추기경님의 행적을 생각하면 나의 이야기는 교회의 뒤안길에서 겪은 지극히 개인적이고 단편적인 이야기에 불과하다. 그러나 그분의 파란만장했던 생애의 일부, 극히 짧은 시간과 작은 공간에서나마 그분과 함께할 수 있었던 은총과 사랑의 시간에 감사드리며, 나의 가족과 추기경님을 존경하고 사랑하는 많은 분들과 젊은 후배들과 함께 이 소중한 추억을 나누게 되는 기쁨을 누리고 싶다.

🕊 명동 대성당을 떠나는 김수환 추기경 영구차와 애도의 군중

투명 유리관에 누워계신 김수환 추기경

➥ 김수환 추기경을 추모하는 인파로 뒤덮인 명동 대성당

김수환 추기경과의 추억
THE MEMOIRS OF A CARDINAL

2019년 1월 15일 1판 1쇄 박음
2019년 1월 20일 1판 1쇄 펴냄
지은이 오덕주
펴낸이 김철종 박정욱
편집 장웅진 김효진 **디자인** 최예슬
인쇄제작 정민문화사

펴낸곳 에피파니
출판등록 1983년 9월 30일 제1 - 128호
주소 110 - 310 서울시 종로구 삼일대로 453(경운동) KAFFE빌딩 2층
전화번호 02)701 - 6911 **팩스번호** 02)701 - 4449
전자우편 haneon@haneon.com **홈페이지** www.haneon.com

ISBN 978-89-5596-862-0 03810

이 도서의 국립중앙도서관 출판예정도서목록(CIP)은 서지정보유통지원시스템
홈페이지(http://seoji.nl.go.kr)와 국가자료공동목록시스템(http://www.nl.go.kr/kolisnet)에서
이용하실 수 있습니다.(CIP제어번호: CIP2019000725)